中州古籍出版社

赵曼散文集
A Collection of Prose by Zhao Man

Natural and Smooth

赵曼 著

流水闲云

心声·心画
——赵曼的散文与绘画

王镛

汉代扬雄的《法言·问神》说:"言,心声也;书,心画也。"这里言指言辞,不特指诗文;书指文字,不特指书法。但后世文人加以引申,使"言为心声,书为心画"成为中国传统诗文书画理论的经典论断。诗文皆属心声,书画均系心画。清代张庚的《浦山论画》说:"画与书一源,亦心画也。"从张彦远、苏轼到董其昌等历代文人都主张"书画同源"、"诗画一律",在"写心"的终极追求上,中国传统诗文书画达到了精神的沟通。

赵曼是当代中国才女型的画家,她不仅擅长绘画,而且擅长散文,曾举办"葵风·人间世"、"芳草天涯"、"霓裳风流"等多次个人画展,已出版《尘露微吟》《流水闲云》两部散文集。赵曼的散文与绘画都是追求"写心"的:她的散文表达的是她的心声,她的绘画表现的是她的心画。她的散文与绘画也是精神相通、互为表里的:她的绘画是对她的散文诗意的自由发挥,她的散文是对她的绘画内涵的自我阐释。赵曼毕竟属于当代中国的女画家、散文家,而不是古代的闺阁画家或女诗人,她的散文与绘画都带有时代精神的明显印记,揭示了当代中国知识女性丰富、深邃而微妙的心理世界。

通过赵曼的散文,我们可以看到作者从西域走向中原、又从中原走向世界的人生旅途和心灵轨迹,也可以看到女画家绘画创作的文化背景、心理动机、原始素材和构思过程。

赵曼1976年生于新疆喀什,祖籍山东费县,作为内地汉族移民的后裔,在她的童年和少年时代,南疆的生活相对于北疆和内地来说还比较贫乏。她的第一部散文集《尘露微吟》中的

《故园幽梦》等许多篇章,叙述的都是她童年和少年时代西部边陲生活的记忆。其中《味蕾中的记忆》连篇累牍地回味新疆与内地的各种美食,毫不掩饰当时她这个小女孩的贪馋,也反映了当时南疆生活的贫乏。好比荒凉的沙漠经常出现海市蜃楼的幻景,越是生活贫乏的地方,越容易滋生浪漫的幻想。赵曼后来回忆说:"我们的贫瘠的生活里饱含着期待和热望,为了逃出暗淡,迎接想象中的辉煌,我们从不在乎被打击,被压垮,被嘲讽。"(《云墟臆度》)殊不知,西部边陲戈壁绿洲——那片她曾经设法逃离的荒野,其实正是她文学生命的沃土和艺术灵感的故园。这一点尤其在她后来创作的"葵风系列"绘画中得到了证实。赵曼少年时代便抱有文学的梦想,她从小酷爱读书写作,12岁就已在《喀什日报》上发表了纵论天下的文章,16岁在全民爱诗的文学气候感染下组织了诗社。尽管她的诗词略显稚嫩,但她的散文却颇有诗意。这种诗意一方面来自她阅读的文学经典的熏陶,特别是屈原的泽畔行吟和刘勰的"澡雪精神"的陶冶,另一方面来自她经历的人生旅途的磨练,特别是西部边陲戈壁绿洲生活的滋养。西部生活塑造了她的西部性格:豪爽、坦荡、真率、自然——这既是她的西部性格的本色,也是她的艺术风格的特色。正如她的散文《西线无故事》所说:"没有西部的性格,就不是一个真正的西部人,我庆幸自己在离开她十余年后,仍然保留着这种本色。"赵曼的性格并非一味豪放,她也不乏婉约的柔情,对新疆的父老乡亲、维族姑娘和汉族闺蜜,甚至对新疆的羔羊、野猫、骆驼刺、红柳等动物和草木,她都一往情深,写入自己的散文。

赵曼的第二部散文集《流水闲云》,比《尘露微吟》更加成熟,题材广泛,视野开阔,情思幽深,文笔流畅,多侧面地袒露了作者的心迹。赵曼从小也爱好绘画,1996年她考取了西安美术学院中国画系本科,结束了在人生"三岔口"的徘徊,踏上了从西域回归中原的旅途。2000年毕业后她在河南郑州工作,逐渐开始了职业画家的生涯,也未曾中辍散文的写作。古人提倡"读万卷书,行万里路"。《流水闲云》的不少篇章记录的都是作者读书行路的感悟。从"我的丝路"起步,她的足迹遍及"尘寰中的梦幻之国"印度、"躺着的帝国"意大利、"欧亚一城"伊斯坦布尔、"小国寡民"的模范韩国……在走向世界的行旅印象中,她开阔了国际视野,加深了历史思考,不时进行东西方文化艺术的比较,最终将要回到创造新丝路文化的时代课题。因为读书勤奋,赵曼的中国传统文化修养非常广博而深厚,从儒道释思想到诗文、书画、经籍、野史、笔记、小说无不涉猎。她似乎对佛教禅宗和《心经》别具会心。她在散文《衣钵》中讲述了禅宗六祖衣钵传承的故事,最后发出了今天"圣人不再,法器亡佚"的喟叹。在《〈心经〉里的亡者世界》中,她独出心裁地界定:"《般若波罗密多心经》,其实就是教我们这个世界的俗人,怎样平静安详地迈入亡者世界的初级课程。"她年纪虽轻,却已有超脱生死的达观态度。《方廉》和《思愚》两篇读书心得,有感而发,针砭时弊,读后令人深思。《羲之爱鹅》《米芾拜石》《宋人也"呵呵"》《游与艺》《体验匠心》诸篇,不只是复述书画文坛的掌故,更加入了作者的艺术人生见解。《闲话谈香》《爱到八十岁》《柳絮才媛伟大夫曹雪芹伉俪"脂砚"》诸篇,涉及女性与爱情话题,从作者的女性与爱情观念看来,曹雪芹的《红楼梦》和马尔克斯的小说对她的影响非常深刻。《写实水墨》《暮野葵风》《人间世》《云墟臆度》诸篇,有些是对中国美术史特别是水墨画艺术的梳理和阐发,有些是她个人的绘画创作体会,也是对她的绘画内涵的自我阐释,经由这些文章的提示,我们可以更深入地走进她的艺术世界和心理世界。赵曼在她的长篇散文《云墟臆度》中总结:"古人说'读万卷书,行万里路',这种梦想在今天变得近切而简易,但浮光掠影地读万卷书和走马灯似的行万里路,都不再能使人从中受到启迪和神益，只有将万里路上的历史点滴和万卷书里的思想精华相互参照，才能把古人所体会的人生情趣融入自己的创作体验。"

赵曼的绘画创作以水墨人物画为主，大致可分为"写实人物"、"葵风系列"、"都市女性"三类题材。这些绘画是她的心理世界的不同侧面的艺术表现，也是对她的散文诗意的自由发挥。

1996年至2000年赵曼在西安美术学院中国画系所受的教育，基本上还是以素描造型为基础的写实绘画教学体系，她也经过长期临摹和写生熟练掌握了中国画传统的笔墨语言。"长安画派"倡导的"一手伸向传统，一手伸向生活"的创作宗旨，对她产生了潜移默化的影响。2006年她又到北京中国美术家协会创作高研班进修，强化了写实风格的水墨人物画创作理念和技法。此期间她创作的水墨人物画《瑶露》《角度》《乡关何处》《消费时代》等作品，描绘的大多是社会底层的平民百姓，包括清晨卖菜的、四处张望的、进城打工的或推销时装的普通男女，富有浓郁的现实生活气息，也曲折地表现了从西部边陲回到内地都市的女画家好奇、敏感、同情、困惑的漂泊者心理。在人物造型和笔墨语言上，这些作品达到了当代中国写实水墨人物画的一定高度，例如《瑶露》中近景聚焦的剥葱的姑娘，《消费时代》中淡宿墨塑造的女售货员，神态极其真实、自然而生动。她的"写实人物"合乎中国主流意识形态和主流审美观念的要求，在全国性美术展览中获奖是顺理成章的结果。

虽然赵曼的"写实人物"的高度水平获得了美术界的公认，但她并不满足于直接图解现实生活的题材。她在《暮野葵风》一文中写道："我所渴望的创作，是能让笔墨纵横驰骋，是能用书写触摸心灵。我要的不是装饰，也不是讨巧的雕琢，我渴望的是富有性灵深度的作品。"是因循现实生活的规约，还是释放自己心灵的幻想?女画家陷入了痛苦的思索和两难的选择。她从小喜欢涂鸦,至今乐此不疲,她在她的散文集中所画的插图,离奇怪诞,幻想丛生。她觉得"比起正经八百的创作,信手涂鸦更加贴近真实的内心表达。""我渴望那些无拘无束的涂抹,渴望在涂抹中让变幻莫测的梦魇凝固下来。"屈原的《离骚》、但丁的《神曲》、曹雪芹的《红楼梦》、卡夫卡的《变形记》、马尔克斯的《百年孤独》……都激发了女画家的浪漫幻想。也许是出于无意识深层心理的冲动,驱使她返回早年西部边陲戈壁绿洲生活的记忆:"依稀记得,随母亲在沙漠工地中度过的那个夏天。每到日落,从戈壁回到绿洲,都要穿过密林般的葵园。……小小的我,对那一杆杆融入暮色的巨大葵花总有几分畏惧,黑漆漆的葵盘敛合低垂,像严肃的卫士,俯下头来盘问我的去处。"(《暮野葵风》)

2011年至2012年,赵曼激情迸发,连续创作了一系列巨幅水墨画作品:《离离原上》《似水流年》《云谁之思》《料峭春寒》《尘刹》《楚歌》《莘莘青芒》《流觞》等,统称"葵风系列"。"葵风系列"作品一般呈现荒野上大片铺天盖地的葵花密林,密林掩映着一个或两三个儿童或少女。人物形象还保留着写实造型,但有些风吹的发型接近飘动的葵花;葵花形象则大胆夸张变形,犹如触角突出四面八方乱伸的海洋生物。在这些奇形怪状的植物纠缠下,儿童或少女的表情惊恐、惶惑、忧郁或感伤,仿佛在幽暗的环境包围中寻找着迷宫的出路,或者在人生的"三岔口"辨认着未来的前途,或者沉湎于睡梦状态的冥想……整个画面笔墨浓重,格调苍凉,营造了从现实生活中升华而来的超现实的幻想境界,类似马尔克斯小说的魔幻现实主义,神秘、奇幻、诡异,甚至有点阴森。无独有偶,德国新表现主义的代表画家基弗也曾经创作过油画和版画"向日葵系列",他颠覆了凡·高式的金色向日葵的阳光形象,代之以他的黑色向日葵的"晦涩的诗意",包括历史的反思、政治的讽喻、文明的追溯乃至宇宙的联想。基弗经常把他的裸体自画像画在荒原上一群葵盘低垂的黑色向日葵中间,表现对他的"此在"(Dasein)的一种诠释与安慰。赵曼未必借鉴过基弗的作品,也未必研究过存在主义哲学,但她的"葵风系列"与基弗的"向日葵系列"可谓异曲同工,不过她表现的是自己对戈壁绿洲中的顽强生命的敬畏,对摆脱恶劣环境的人类自由精神的追求。在她的"葵风系列"中,人是葵的精魂,葵是人的化身。在那些儿童或少女身上,寄寓着女画家的深层心理情感的投影:彷徨、苦闷、渴望、挣扎、悲悯或超脱,人们几乎可以触摸到她的心灵世界最隐秘、最柔软的角落。就表现技法来说,赵曼的"葵风系列"那种纵横驰骋、自由书写的笔墨语言的力度,丝毫不亚于基弗的"向日葵系列"的油画笔触和版画线条,而且富有中国写意画独具的水墨氤氲的韵味。

从赵曼的"葵风系列"到她的"都市女性",我们似乎从苍凉的西北忽然来到了温润的江南,特别是仿佛回到了20世纪30年代摩登的上海。屈原、曹植等古代诗人笔下的"芳草美人"通常别有含蓄的寄托,赵曼笔下的"都市女性"则真率地表现了女画家欣赏女性美、追求时尚的审美心理。同时她经常引用古诗作为她的美女画标题,诸如《建安诗意》《子夜夏歌》《杨柳依依》等,让她的时装美女沾溉古雅的诗意。现在艺术市场上大量流行的美女画,要么艳俗,要么病态,而赵曼的"都市女性"则清新淡雅,气质高贵。她在《秋波》一画的注释中说:"我画了许多美女,求其形象靓丽、色彩淡雅并非难事,但若欲捕捉孤芳冷艳的淑女气质,则百不遇一。"这种审美理想正符合女画家本人的个性气质。大概为了满足大众多方面的审美需求,她也画过一些轻佻性感的时髦女郎(如《妖娆》),但更多画的是清纯可爱的窈窕淑女(如《绿萝》)。《绿萝》之类的作品往往把新潮都市女性与旧式椅子、摆设、花卉、假山组合在一起,流露出复古怀旧的情调,这也是当今的一种审美风尚。"都市女性"最大的特点是把简约的写实造型与丰富的写意笔墨结合起来,自由发挥了轻松随意、淋漓尽致的散文式优长。

总之,赵曼的水墨人物画创作的三类题材,"写实人物"注重现实性,最具主流形态,相当于报告文学;"葵风系列"注重表现性,最具个性特征,相当于散文诗;"都市女性"注重通俗性,最具大众审美,相当于小品文。因此,她的"写实人物"作品获得过全国性展览的奖项,她的"都市女性"作品赢得了艺术市场的青睐,她的"葵风系列"作品受到了美术评论界的高度评价。这三类题材绘画的创作手法,并非毫不相干或互相抵牾,如果没有"写实人物"的写实造型功力,她的"葵风系列"与"都市女性"的人物造型恐怕也不会如此精微传神。赵曼的同名散文与绘画作品《浊水共烟涛》,缘起于作者从一个清晨走出胡同买菜的平凡女人身上,恍然发觉了自己的影子,她感慨不已,体验到:"从艺术的角度看世界,平庸的相貌有时候比完美的五官更加富有魅力。寂寥惨淡,也许最能包孕生活的内涵。"于是,她运用写实造型与写意笔墨画出了这个平凡女人的精神肖像,现实性、表现性与通俗性三者集于一身——由此诞生了《浊水共烟涛》图文并茂的双重佳作。

(作者为中国艺术研究院研究员、中华书画家杂志社总编辑、中国美术家协会理事)

目录

第一辑 行旅印象

我的"丝路"..................015
尘寰中的梦幻之国——印度..................029
躺着的帝国:意大利..................039
欧亚一城..................047
"小国寡民"的模范——韩国..................053

第二辑 悟会闲云

衣钵..................061
《心经》里的亡者世界..................071
出世之心入世之作..................079
剑的故事..................085
方廉..................093
思愚..................096
人间世..................103
长生不老药..................109
录梦记..................117

第三辑 书画留韵

羲之爱鹅……………………………………124
米芾拜石……………………126
宋人也"呵呵"………………………………129
游与艺………………………133
体验匠心………………………139
漫谈扇画………………………………………142
艺术家之死……………………………149
暮野葵风…………………………………155
写实水墨………………………161

第四辑 随水如流

闲话谈香……………………………………………173
爱到八十岁……………………179
柳絮才媛伟丈夫——曹雪芹伉俪"脂砚"………185
云墟臆度………………………………………193

第一辑
行旅印象

流水闲云/014

我的"丝路"

有着广阔无垠的沙漠、草原和险恶的崇山峻岭的西域大陆,在中国历代正史中,是个充满神秘色彩的边地。来自欧亚各个地区的不同种族,或因贸易而迁徙,或因战乱而流浪,或因生存而结匪,在这里创造了独特的文明。他们有的逐水草而居,最终绵延百代;有的聚散飘零,顽强的独立生存;还有的建立过或大或小的城邦国家,繁荣一时却骤然消失。这里自然条件恶劣,没有长途跋涉无法取得联系,这里水源稀缺,造就了星散在戈壁滩上的绿洲文明。

早在三千多年前,帕米尔就有了通往内陆的古道。河南安阳殷墟妇好墓出土的750余件玉雕的原料,就来自昆仑山下的和田。当年这些玉石如何被辗转贩卖到万里之遥的商王朝都城,至今仍是个未解之谜。绿洲,是被自然绝境孤立的人类聚落。为寻求彼此之间的交流和往来,不同种族和信仰的人们,跋涉万里,为通商易货辗转迁徙,越过生命禁区,探索出从一个绿洲到另一个绿洲的冒险之路,这些完全凭借人力和驼队接力的断断续续的旅程,最终被拼接成一条漫长的古道,它的最大宗生意,是从东方运输令全世界贵族疯狂的丝绸到西方。丝绸,在那个时代象征着凝结东方智慧的奢侈品的专利，所以，也就被最早认识到它的意义的德国地理地质学家李希霍芬命名为"丝路"。8世纪中叶，中国与北非的海上贸易兴起后，西域大地上的"丝路"渐渐消隐。其实无论是丝绸，还是与之伴生的其他地方特产及珍宝奇货的贸易，在当时都不过是这条古道的意外产物而已，绿洲文明，才是这里的核心。今天，当人们谈论影响世界格局的那些主要文明形态——"大陆文明、农耕文明、海岛文明"的时候，却没有意识到绿洲文明，这个被遗忘却理应得到同等地位的重要文明形态，在人类史上的特殊分量。

在绿洲，有着农耕文明对水源和土地的眷恋与珍惜，有着海岛文明的危机感和因隔离被造就的特殊性，而绿洲的人，还有着来自海洋文明的游侠性格。绿洲文明，无法被简单的划分到任何一个地域文明中，它属于被季风遗忘的大陆板块的腹地，属于勇敢而坚韧的迁徙者。每个研究它的人，都始终无法看穿它，读懂它，更难以写出它的神秘。只有在绿洲里土生土长，落地生根，才能体会它的寻常和不寻常。而我，有幸如千年前自称"谪仙"的李白所说的——"贬生"边地。只不过比他离中原故土更近了三千多公里。

佛经里讲轮回投生的六种非报，其中就有"生于边地，不闻佛法"。实际上，我们这些二代"移民"出生的地方，恰恰是最古老的佛国故地。佛教，包括近似佛教的袄教，在这里远比伊斯兰教的历史长得多，遗憾的是辉煌了一千多年的浮屠遗迹，几乎尽毁于伊斯兰教的清洗。试想当年如果没有中西亚地区普遍崇佛的文化背景，大唐王朝怎么能牢固的统治这么辽阔的疆域，如果没有那些倾心佛教的西域国家，怎能拯救玄奘法师于屡陷绝境的九死一生？而成就了唐朝首都长安的国际大都市地位的，正是这条通往佛国的漫漫长路。佛教的和平、宽容和仁爱精神，为绿洲文明植入了淳朴的根性，虽然几百年后的混血子孙们早已失忆，甚至用疯狂地踩躏这片原本属于古老仙灵们的土地，但我们依然可以从出土文物中依稀看到历史的真实面孔。

在新疆尼雅遗址的一个墓穴里，发现了这样一块织锦：海蓝底色上绣着瑞兽纹样和"五星出东方利中国"的汉字。五星连珠，在星象史上是国运强盛的征兆，即金木水火土五颗行星在东方天际连成一线。巧合的是，新中国的国旗恰恰也是由五颗星星组成的，不过，国旗确立的时间，却比织锦出土的时间早了近五十年。而织锦的原文应该是"五星出东方，利中国，讨南羌"。当年的汉武帝，正是用这种织锦做的护臂激励边疆将士的。这里的"南羌"指古代藏族的一个分支，由此可知东汉时的新疆腹地是中国屯兵重地，而且这里的将士还可能远征西藏地区，使其臣服。古人推算的五星连珠，约需五百年才能出现一次，这与现代天文学家的研究成果非常接近。而根据国外汉学家的预测，最近的一次五星连珠，会出现在2040年9月。

不论五星连珠是否会出现，中华民族的复兴是不容置疑的。经历了无数磨难，蒙受多次亡国亡种危机，最终还能迎来崛起，一定不是历史的偶然。习惯了锦绣繁荣的内地人，更易于昏昏然于和平的舒适，不敢、也不愿回望历史的伤疤，而常在戈壁内陆行走，却能更深刻地体会到那份残酷记忆中的人间轮回。

那些孤独的矗立在荒凉大地上的遗址，永远不会被旖旎烟景消化掉，正是因为地偏人稀，它们才能那样赫赫然的保留着百千年前的样子，让你看了惊心。它们是大地上的史书，是内地罹患集体精神残疾者眼里的苦药，是历史的良心。

我常有着不切实际的幻想，希望我们的执政者，能够把"丝绸之路"上的中国遗址，特别是河西走廊部分，纳入青少年旅行的范围，少一点类似"新课标读物"这样莫名其妙的项目，多一点鲜活的文化学旅，让未来们了解历史，才不至于失去当下。

连续两年的暑假，我带女儿看过的地方，都和丝绸之路有关，一个是土耳其的特洛伊古城，一个是我国新疆的北庭都护府遗址。说特洛伊和丝绸之路有关，未免牵强，但是有着六千年历史的特洛伊古城，的确是欧洲城市文明的真实样板。如果说唐王朝是丝绸之路上的贸

易上游,那么君士坦丁堡就是丝绸之路的贸易下游,而欧洲各个新兴城市则成为这个贸易链条中的终端。土耳其历史上曾经先后为古罗马、拜占庭帝国、奥斯曼帝国。政治体制经历了这样的循环:(奴隶)共和制,封建集权,君主立宪,现代共和制。现在的国民为当年被东汉驱逐的西突厥与当地赫梯人及北非游牧民族后裔;而位于新疆吉木萨尔的北庭都护府,正是当时赶走突厥人后,东汉设置的要塞。唐以后,有突厥血统的回鹘人在此建立国家,信奉佛教,都城内的皇家寺庙和古城残垣风化后的面貌依然完整。当年的回鹘国,经常遭到突厥侵扰,亡国后少数的幸存者逃到大漠深处的绿洲,和被突厥侵吞或影响的不同民族生活在一起,沿用了突厥的用语,但是这并不足以成为定义一个民族的证据。事实上,今日中国的汉族人,许多已经不是南宋汉人的直系后裔,而且早在唐朝或更早时候就已经因多民族混居及五胡乱华等事件消除了民族血统纯正传承的可能。就如今天的河南人不是当年周文王族裔的后代,今日中国的任何一个省份,可能都难以证实当地的汉族人是历史上其族系的纯正后代。倒是西南地区的少数民族有可能脱离这种民族种族大融合的大背景,在大山深处留有些许苗裔余脉。

执著于民族和地域,必然执著于由此衍生的情感判断,骄傲与偏见,也就如影随形。

我常常想,我们到底是这里的主人,还是过客?1400年前的粟特人及突厥人,1100年前的回鹘人,都曾经遍布这些绿洲,但现在这些种族早已消失或被其他民族所融合。丝绸之路上若干古国的繁华,只能从文献和考古遗址中得窥依稀踪影。2200年前,这条交通干线上牵系着的主要文明有汉王朝、大夏-贵霜、安息、罗马四大帝国;到了1400多年前,转变为唐王朝、大食、拜占庭三大帝国及突厥等汗国;750年前,蒙古帝国进军西亚,也是沿着这条线路,打到了今天的伊朗和阿富汗。战争震慑了欧洲大陆,也将丝绸织匠和炼金术传到了阿拉伯世界。在这条线路上,中国的道教、印度的佛教、波斯的袄教,以及来自中东的伊斯兰教都曾盛极一时。

在新疆喀什近郊,有个带有传奇色彩的地方,叫香妃墓。多数人知道香妃,都是从各种版本的故事戏剧中道听途说来的,而真实的香妃,既没有那么刚烈也没有那么香艳。慕名而来的人们,只能在赫赫有名的大贵族阿巴霍加墓的墓群里,找到一个很不起眼的小土包,这个小土包里埋葬的人,据说是其外甥孙女香妃。在清廷官方的记述中,有个对西域伊斯兰教徒的含混统称——回部,这种用宗教信仰来概括原本多样的民族和部落的称谓,给后世带来许多误会。而这些民族和部落,因为长期混居,多次迁徙,又缺少可靠的文字历史和谱系记载,自然会容易被混淆。香妃所属的"和卓氏"部落,主要活动在天山周边水草丰美的牧场，而阿巴霍加家族则远居塔克拉玛干大沙漠西缘的戈壁绿洲，两大家族相隔四千多里，怎么能扯上外甥孙女的关系，令人费解。

清史中记载的"香妃"，实为容妃，她的父兄先因平叛有功被封赐入京，把自幼长在天山的这个西域贵族少女也带到了皇城根下。而二十多岁的容妃在当时已经是个大龄剩女了，却在入了满清皇宫后尊贵无比，即使天山的兄弟再起叛乱，她依然躲过了灭顶之灾。

与影视作品里的孤独清高完全不一样。容妃擅长栽种花木，又会骑马狩猎，乾隆皇帝为了能和她更好地沟通还学了回语，可见对她有多么宠爱了。因性格平和温顺，容妃常常陪侍太后左右，深得其欢心。她几度获得擢升，乃至晚年贵为后宫之主，与太后的支持也很有关系。容妃，一个语言不通的外族女子，能得到这样全福全寿葬入皇陵的荣耀，可见其心机智慧非同一般。她的得宠，固然有很大程度是乾隆稳定边疆所做出的姿态，但也与她自身魅力有关。西域女子擅长骑射，在广阔边地长大的女孩子，将二十七年流光都锁在了禁苑深宫，一定也有无限的遗憾和惆怅。容妃是唯一能够随同乾隆狩猎的妃子，从郎世宁画的身着盔甲的肖像可知，在她心里，一定也深深埋藏着对遥远的西域故乡的怀念。这种柔顺而坚韧的性格，更像回族女子，而非维吾尔姑娘。

维吾尔姑娘的热烈和剽悍,犹如南疆的大蒜,辛辣而直肆。我曾经有两个这样的朋友。其中一个是中学同学,名叫阿拉尔罕。二十多年前的南疆还比较保守,维族女孩夏天穿裙子必须着中袖,裙子下面要穿宽腿裤。阿拉尔罕非常叛逆,加之在汉族中学读书,很不愿穿得特别"民族",因为她坚决不肯穿宽腿裤,每天早晚都是我陪她偷换衣物。在学校,她穿剪掉袖子脱掉宽腿裤的短裙,露出毛茸茸的长腿,傍晚再换上来时的一身长长短短回家,好不麻烦。上世纪80年代,能接受汉族学校教育的少数民族女孩凤毛麟角,所以阿拉尔罕们也就特别渴望融入汉族社会,不知道后来她有没有成功逃脱幼年被定下的婚事,也不知她是否过上了自己向往的生活。毕业后我几乎就永远离开了那片曾经熟悉的绿洲,完全成了一个过客。现在,南疆的大小城镇都很难见到穿民族服装的女子了,她们已经融入这个时代。唯一不和谐的是,过去从未见过的黑色面纱,出现在这片本不属于她们的土地上。

另一个朋友肉孜古丽是我在工作后认识的。肉孜古丽和阿拉尔罕恰恰相反,生在天山脚下的"小上海"石河子,长在一个会汉语的非常开明的家族,虽然祖辈都在南疆,但从观念到信仰都已经融入了现代城市,从她的言谈举止和穿衣打扮看,完全是一个摩登的都市女郎。维吾尔语的"古丽"是花朵的意思,前后缀的词都是形容这朵花的,所以没有同名女性的时候,我们就简称她为"古丽"。古丽是餐厅的领班,酒量惊人,能言善辩,每逢公务应酬,我都盼着领导叫上她,好"搭救"对酒桌奥妙茫然无知的我,而换完夜班回到寝室,古丽还会邀集难得聚在一起的室友们再喝一杯。这个时候的我,自愿充当买酒郎,要知道在一天紧张忙碌的工作之余,看她们边喝酒边跳舞,心情也会大好。古丽身边的追求者很多,她却总是梦想去深圳闯荡,90年代的下海潮,把我们身边那些最勇敢最能干的人都卷走了,没有走的,无不憧憬着深圳的活力和机遇。跳舞,成了排遣这份郁闷的最佳选择。舞池里的古丽灿灿生辉,她容貌出众,性格奔放,一颗被青春鼓噪的心和漂亮的脸庞,总是让她成为焦点。彼时的我,总是在夜深人静的办公室里备战高考,与她最多的交集,是在午夜熄灯后的卧谈。一年时光转眼飞逝,考上大学后,我辞别了新疆,逐渐与她和同事们失去了联系。十几年后,再读西域史时,每每看到那些背井离乡永远无法回头的人和事,总有些贴心的亲切和慨叹油然而生。

在两汉史志里,可以看到这样的记载:当时被遣往关外任职的人,最大的肥差是给那些托关系找上来的朋友们带西域的特产,而这些送上门来的金银,将换回令人羡慕的绝无仅有的奢侈品。比如当时的达官贵人家里,一件来自高昌的手工艺人用羊毛与蚕丝精工织成的

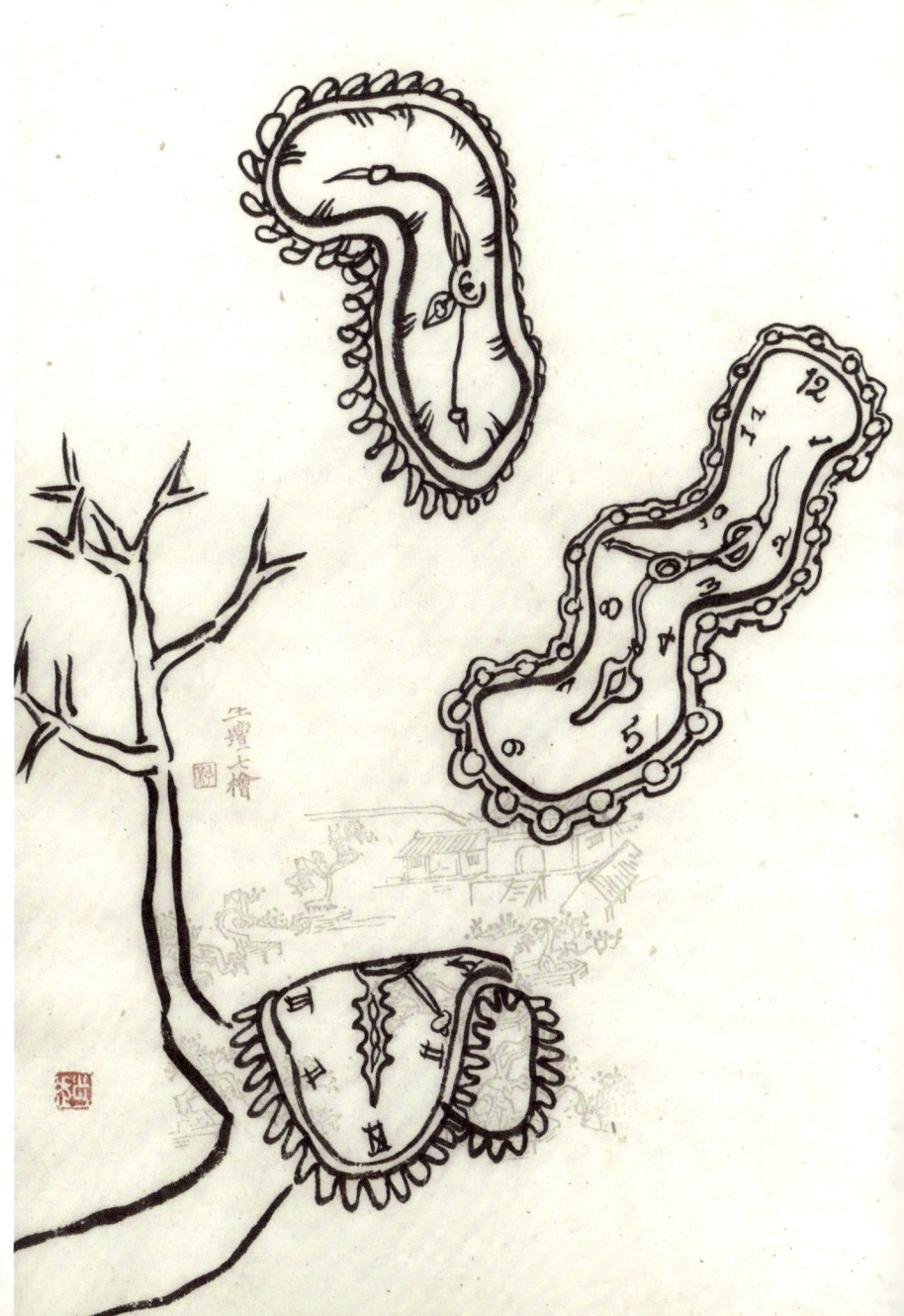

毡罽，动辄百金，这种高档坐毡主要是用来在宴会上炫耀的，昂贵者甚至价值千金。毡罽上漂亮的花纹，都以天然染料织成，有一种艳丽的紫红色，就来自地中海西岸的推罗城生产的牡蛎紫。这些汉地难以见到的工艺品，独一无二，可知当时的贸易种类已经非常多样。想想看，公元1世纪的叙利亚东部沙漠国家帕尔米拉的贵族穿着绣有中国汉字的纹锦和彩缯，而汉王朝贵妇的项上戴着来自波斯的玻璃串珠，多么奇妙！

1300年前，阿拔斯王朝的第二任哈里发修建了从巴格达进入唐王朝西域边境的呼罗珊大道，让中国的丝绸、瓷器、纸墨、宝剑、香料、孔雀等奇货进入了"黑衣大食"，其中的麻醉药更是为后来阿拉伯人先进的外科手术奠定了医疗基础。而大唐的铜镍合金技术所造的"中国箭簇金"，特别受到阿拉伯世界的青睐，据炼丹术士所著的书中记载：这种金属做成的箭簇具有毒性，中人即可致死；做鱼钩能牢牢钓上任何海中动物；做铜镜可以辟邪；做大小钟铃可以发音清脆回音不绝。与此相当，在大唐最受欢迎的珍物是波斯传入的香料，其中龙脑香还因一段红尘往事被记入了《酉阳杂俎》：唐玄宗与亲王下棋，贺怀智弹琵琶，杨贵妃抱着小狗在旁观看。见玄宗输局已定，聪明的杨贵妃假装不小心把小狗放掉搅乱了棋盘，玄宗大悦。这就是有名的"猧子理局"。此时一阵风吹过来，把杨贵妃的汗巾吹到了贺怀智头巾上,他悄悄收起这块汗巾,回家打开忽觉异香扑鼻,于是藏于锦囊。后经安史之乱,贵妃赐死,贺怀智再次奉上此汗巾给回到宫中的玄宗,玄宗闻香不禁老泪纵横。这个就是天宝末年交趾贡奉的形似蝉翼的龙脑香。产于老龙脑树节的龙脑香非常珍贵,仅有十枚,都为杨贵妃所得,此物香彻十里,可见非比寻常。未知人已亡,香依旧,多少繁华散尽已然物是人非。

今天,在喀什的中西亚国际贸易市场上,依然能够找到各种来自阿拉伯的香料和华丽的纺织品。浓烈刺鼻的中东香水对喜爱淡雅香气的内陆居民来说太过馥郁,而对当地人来说,浓香腻甜是生活中少不了的点缀。用发源自幼发拉底河的精美的玻璃器皿泡壶红茶,添上两朵由中国传往北非时生根在和田的玫瑰,坐在曾经是楼兰国骄傲的手工羊毛地毯上,有种海舶天方的苏丹情调氤氲而生。"葡萄美酒夜光杯,欲饮琵琶马上催。"我的"丝路"依然飘荡着古往今来醉人的芬芳。

尘寰中的梦幻之国
——印度

一

印度被西方世界称之为"梦幻之国",足可想见其奇妙与瑰丽。这个国家拥有壮丽的建筑和人文景观,辽阔的海洋和平原,历史悠久的神秘宗教,也拥有不属于现代社会的种姓制度,高度发达的IT产业,仅次于好莱坞的世界第二大电影梦工厂宝莱坞。丰富的历史文化遗存让历史学家、考古学家和艺术家们惊叹,而普通民众生活的贫穷落后却又如此的触目惊心,这个神奇的国度,真是一半在玫瑰色的"梦"里,一半在飞扬的尘土中。

先说建筑吧,北印度的三大奇迹:中央邦的卡朱拉霍神庙、阿格拉城堡和泰姬陵,代表了印度建筑艺术的辉煌成就。卡朱拉霍神庙建筑,有一个闻名遐迩的特殊部分——性爱雕像。许多游客为了一睹这些千姿百态的性爱姿态慕名而来,他们在疯狂地按下快门的同时,也为印度神庙的"开放"感到震惊。殊不知,生殖崇拜在人类历史上是久已有之的古老宗教。在战乱频繁生息艰难的远古时代,人类最为重视的两件大事就是祭祀神灵和生育后代。母性崇拜、生殖崇拜,往往和神灵崇拜结合起来,神像的女性化也就顺理成章。在印度教中,恒河女神和她的配偶湿婆神就代表着印度土著居民繁衍的始祖。印度的古老宗教一直都十分推崇性爱的力量，修建卡朱拉霍的国王自然也受到这种根深蒂固的宗教信仰的影响。出于对武运昌隆的向往，卡朱拉霍的雕像题材同样充斥着宏伟壮观的战争场面。在印度，流传着一部重要的性学经典——《爱经》。这本书是印度教徒高等种姓的男女的性爱生活指南。看到印度街头售卖卡玛苏塔的孩子，我就想起在中国连成人也没有机会看到的唐寅、仇英等人画的春宫图之类的作品，想起日本的成人漫画和浮世绘……当然这些都无法和卡朱拉霍的性爱雕刻相提并论。当性爱被艺术升华，你所看到的不仅是被呈现的人类内心的欲求，还有雕刻家的精巧构思和高超的技法，以及那个时代所赋予它的神奇的魅力和民族色彩。

泰姬陵是印度伊斯兰教建筑的经典。在印度，人们称之为"塔杰·马哈尔皇宫之冠"。这座建筑完全按照宫殿的形制建造，它看起来完全不像陵墓，更像个童话。陵墓的主人，具有波斯血统的贵族少女贝古姆，在十四岁时被莫卧儿王朝王子胡拉姆，即未来的皇帝沙·贾汉选中成婚，被赐予封号"穆姆塔兹·马哈尔"（意为皇宫之选）。1631年，这位皇后在随皇帝出征途中，死于第十四个孩子的分娩，临终前，她要求皇帝终生不得再娶，并修建世上最美的陵墓见证他们的爱情。皇帝履行了他的承诺,他筹备两年,调集全世界当时最优秀的建筑师和能工巧匠,修建了这座由白色大理石筑成的梦幻宫殿式陵墓。陵墓以皇后的封号命名为"穆姆塔兹·马哈尔",后来讹略为"塔杰·马哈尔",即中文旧译的"泰姬陵",沿用至今。

坐在曾经囚禁过沙·贾汉皇帝的阿格拉城堡宫室前,俯瞰已近枯水的耶木纳河,遥想这个痴情皇帝曾经的浪漫构想,不禁有几分惋惜。白色泰姬陵建成后,皇帝原本要在河对岸为自己再建一座一模一样的黑色陵墓,然后用一座桥连接起来,只是最后因为劳民伤财和疏于政务,国王被儿子废黜囚禁才没能实现。这个雄伟的计划,竟然是为了殉葬爱情!沙·贾汗皇帝虽然被囚禁至死,但留下了成为印度骄傲的建筑杰作,这也算是个意外的身后功名吧!

二

恒河之举世闻名,与佛教有很大关系。佛经中常常说到的"如恒河沙数",几乎成了一个量词单位。印象中,以为恒河对于印度,就如黄河于中国,尼罗河于埃及一样重要,河流滋养生灵,也孕育了文明,这个我们还是能够理解的。但到了瓦腊纳西才明白,恒河与印度的关系,比我们想象中更复杂和深刻。

恒河流经的瓦腊纳西,是一个古老的印度教圣城。夜幕降临的时候,人流像沙漏里的沙子一样涌进狭窄的街市。这些灯火通明的街市非常拥挤，摩肩接踵的人们都急速前行，目的地就是恒河边高大的台阶，在那些台阶指向的中央地带，是举行祭祀仪式的宽大的舞台。七个英俊的婆罗门小伙面对恒河，高举火焰圣杯，唱诵着向恒河祭祀的经文。台阶上、船上到处都坐满观众，他们虔诚地注视着婆罗门的双手，随之唱合并热烈鼓掌。在这里，你能感觉到宗教的向心力依然如此令人着迷，庄严的祭祀仪式，人们发自内心的共鸣，都让人相信这里是神的国土。灿若星河的花盏灯在人们手中闪烁，来自印度各地的信徒并不只是为了看看简单的演出汇聚到这里，他们是来践行自己的承诺，来分享久远以来传统宗教信仰的快乐和荣耀。在他们中间，你会感到没有信仰是多么暗淡。

恒河，承载着生命与死亡。活着的要来沐浴，死后的要来撒骨灰。当全世界都进入了21世纪的时候，印度，还依然在用一条河赤裸裸地展示着人类最原始的习俗。对文明世界来说，这种古老的宗教式生活更像一个匪夷所思的活化石。

印度教奉牛为神，不能吃，猪肉也不能吃。酒店的自助餐除了鸡肉就是鱼肉。同行的朋友笑道，看了恒河，还敢吃鱼吗？我也笑着说，敢。我今早还在恒河放生呢！放了生的，也许又被抓回来吃了也不一定。这些鱼除了被反复放生，就是食人骨灰。

记得在念青唐古拉山口的时候,也有人问过我这个问题:藏区的鱼,敢吃吗?我们曾经在国道边的一家四川饭馆点了水煮鱼。饭后出门,看见不远处河边的木棍上挂着彩帛,那是刚才有人水葬,以之做记号的。

恒河的鱼,西藏的鱼,因为食人尸骨而免遭捕食,得以悠游自在的活着,这种幸运颇有点荒诞色彩。其实食人尸骨的鱼和被种种药物与浮尸喂出来的淡水鱼有什么区别呢?我曾看过一篇教人茹素的文章:文中说,我们都只是怕医院里的停尸房,却不知我们家中就有停尸房,冰箱里放的,不都是动物的尸体吗?我们都怕坟墓,却不知我们自身就是坟墓,将那些动物吃下去,不是坟墓吗?这文章虽然看着有点别扭,但细想也有几分道理。我们只不过是大自然食物链里的一个环节,谁都无法保证自己吃进去的东西是不是完全和我们无关。

也许我的前世,你的前世,他的来生,都有可能是条鱼。但是生在哪里却大为不同。

三

梦幻之国的"梦"可不是属于印度平民的。推翻了英国殖民统治,和倡导"民主"的美国交好的印度,依然残存着古代社会划分的四种姓:婆罗门、贵族(武士)、商贾和平民。该怎么来形容印度的种姓制度呢?一方面,婚姻、个人尊严和身份地位严格地被控制在各自的种姓内不得逾越;另一方面,低种姓者心甘情愿为奴为仆，高种姓者却将为国家民族谋求福祉当做责任和义务。

印度的贵族阶层培养着大批优秀的思想家、艺术家和科学家，而这些人的社会地位远高于商贾巨富，这和早期以"士农工商"划分等级的中国多么相像。虽然贵族阶层也有好逸恶劳者，但绝大多数以自食其力为荣。印度遍地都有被遗弃的第五种姓——以乞讨为生的贱民。这些人因出生卑贱被人所唾弃，过着牛马一样席地而卧的生活。但是创建各种福利救济机构和慈善事业的却是贵族和商贾阶层。他们的机构收留和教育贱民的孩子和流浪孤儿，尽管有着挂一漏万的不足，但贵族精神所培养的责任感却为其社会的内在平衡提供了支点。

在身份高贵的婆罗门祭司举行宗教仪式的时候，神的恩泽接纳了所有种姓和阶层，无论你是什么身份，都可以在此刻与众人一起礼赞，分享着静默中的祈祷。宗教的这种包容的力量，无疑是印度能够在巨大的贫富差距中维持社会平稳的一大因素。

当我问起印度人怎么看待为贫民争取平等自由却被贫民所暗杀的甘地时，他们的回答令我既意外又感动：甘地是伟大的民族英雄，他是为了印度而牺牲的。在今天的印度，依然有不少贵族阶层的人，愿意放弃优裕生活，为推动民主和平等付出艰辛努力。他们深深明白：没有衣食的人，就不懂得尊严和感恩。所以，尽管整个社会都抛弃了贫民阶层而去追赶所谓的强国之梦,但贵族阶层中永远都会有人执著地守护着甘地精神,为改善贫民的生活和教育而奋斗。

四

出于对佛学和佛教艺术的好奇,我对印度神往久矣。在国内每每于丛林拾遗观想,便绝不放过大饱眼福的机会。这次到印度,原也迫切地期望能看到书中黑白图片里的古代佛教石窟遗址,可惜行程只覆盖了北印度以印度教和伊斯兰教建筑为主的地区,被称之为"真正的印度"的南印度地区唯有一二月可去,其他时间都在摄氏四十几度的高温中无法旅行。不过,遍地瑰宝的印度仍然可以让我在她不可胜数的精美雕刻中寻到丰富的线索。

鹿野苑遗址,对于普通游客来说也许乏味,但对于佛教徒和喜爱佛教文化的人们来说,它的神圣不言而喻。这个释迦牟尼两千多年前初转法轮的地方,基本被完整地保存了原貌。一个放弃荣华富贵的迦毗罗卫国王子,在经历苦修之后顿悟,来到鹿野苑寻找曾与他共同修行的五比丘并为之说法,终于使对方服膺于佛的智慧,与他一起弘扬佛法,普度众生。鹿野苑,也是中国的玄奘法师来过的地方,我们知道玄奘到西天取经,却不知道他的足迹也遍布印度有佛陀神迹的地方。在那个时代,古印度大陆上居住着如恒河沙数般数不清的诸神和智者，他们属于不同的宗教，宣讲着不同的宗教观并以显灵等方式收服信徒。这让人联想到春秋时期的中国，也曾经如此百家争鸣，各领风骚。在释迦摩尼生存的时代，奉行婆罗门教的印度大部分地区，传统宗教观十分顽固，而新崛起的耆那教，也常常刁难和攻击佛陀的信徒。这些教派之间的分歧实质上是神学与哲学领域的思想论争。由于释迦牟尼亲身实践了当时印度的各种宗教修行的方式，在更进一步的觉悟之后才证悟成佛，所以，他的成就，得益于补纳了成千上万修行得道的智者的慧果。

如果没有见到南京栖霞寺的佛顶骨舍利，如何能将这两个相差万里之遥，相隔千年之远的地方联系起来呢，但是这种真实的存在，又不能不让人想到来自佛学的那个字——"缘"。冥冥中，一切皆因缘起，一切也因缘灭。

从印度回来，看了国家博物馆正在举办的佛像展，正好给我一个对比的机会：中国和印度的雕刻艺术，各有千秋，印度的雕刻重视塑造肉体的真实与悦目，通过直接的感官刺激来唤起信徒的热情；而中国的雕刻则更着意于神韵，以柔美含蓄的线条传递大度与慈悲的宗教情怀。佛教的传入，极大地影响了中国的思想界和艺术界，同时也走入了被华夏文化彻底同化的历程。

躺着的帝国：意大利

从开罗飞到罗马，要四个半小时，从飞机上俯瞰浩瀚的大海，自然联想到克娄帕特拉，这位被伊丽莎白·泰勒塑造得近乎完美的埃及艳后，当年该有怎样的勇气来到好勇斗狠的罗马。从恺撒到君士坦丁，从镇压邪教到拥立为国教乃至十字军东征，亚平宁半岛的腥风血雨令地中海充满恐惧。辉煌的建筑遗迹像星辰一样散落在罗马城，如今，它是一个让人来了就不愿离开的浪漫之都。

意大利在欧洲的意义，和陕西在中国的意义相当。如果说西方文明的种子从古埃及发的芽，那么今日西方世界的政治体制和宗教格局则是从古罗马发展而来。想想看，三千年前陕西地界上的秦国，与几乎同时期的古罗马，都是当地率先"脱贫"并且敏于掠夺的强悍民族，他们都遵循了人类文明发展的残酷定律：强悍民族征服文明程度高的民族，进而继承被征服者的文明成果并浸淫其中，直到被下一个文明程度低而更强悍的民族征服。古罗马的共和制政体，来自被其征服的希腊。由公民选举产生的议院，统治古罗马前后近两千年，虽然在恺撒上台后实质已嬗变为帝国，但名存实亡的共和制不但没有消失，反而作为欧洲社会共同默契的国家制度被延续下来,直至被现代文明接棒。和所有拥有过辽阔版图的古老帝国一样,古罗马也在分裂后不复昔日辉煌,但这种分裂带来的财富是,几乎整个欧洲大陆都遍布着罗马文明的遗迹。这些遗迹,如同一个散佚的巨人尸骨,沉没在不同的国度,唯有另一种深深的联系,让这个潜伏在历史深处的灵魂,散发出不朽的光芒:宗教。

梵蒂冈,就是这个宗教世界的心脏。我们所知道的中世纪,多来自欧美电影:女巫、邪灵及清洗异教徒的残酷战争,让人感到宗教征伐的黑暗和恐怖。但实际上,教廷的控制能力并非想象中那么强大,由于拉丁语在欧洲各地贵族中的普及,那个时代的人们要学习和交流,远比今日更加容易。而且,正是天主教对建筑和艺术的推动,造就了古典主义的巅峰。

到意大利旅游,不可不知以上背景,因为导游能告诉你的,只是作为国中之国在首都罗马保存下来的独立王国——梵蒂冈,但是作为天主教世界至高无上的统治者—罗马教廷,这个梵蒂冈可不仅仅是个宗教建筑群那么简单。圣彼得大教堂是梵蒂冈的核心,历经一百二十年四五代文艺复兴时期大师设计建造,有着数不清的精美雕塑和壁画。在这里,宗教成就了艺术,艺术使宗教崇高。文艺复兴三杰中的米开朗基罗和拉斐尔的名作都珍藏其中。《拉奥孔》,从我懵懂学画的少年时代就开始用它练习排线了,我们在半个地球开外的地方,用不知道被翻过多少遍的石膏模子复制出来的粗糙头像、半身甚至全身像来学习素描,但是,我们都不曾想过,为什么要画这个被毒蛇咬死的男人及他的儿子们的群雕。那时候,我也曾疑惑于在如此激烈痛苦的场景中,主人公为什么还要被摆出一副矫揉造作装崇高的体态,后来才知道,这正是希腊化时期的典型特征之一。

这些作品深受古希腊崇尚人体美的影响,创造了16世纪艺术的辉煌。之所以称之为"文艺复兴",是自西方世界接受基督教后的几百年间,人们都过着循规蹈矩的清教徒生活,直到有一天,行吟诗人开始传唱他们在古董堆里发现的诗篇,浪漫、自由、欲望的复苏才如春雷般轰轰烈烈地到来。旧世界轰然瓦解,新时代蓬勃而来,米开朗琪罗的高亢阳刚,拉斐尔的柔美温婉,贝尔尼尼的华丽旖旎,都是在罗马教廷的激赏下才得以展现。于是古希腊的诸神,古埃及的方尖碑,都被邀请来装饰教堂和广场,那个时代的雕塑和建筑是不分家的,雕塑家是建筑,建筑师是雕塑家。

在梵蒂冈,处处可以感受到天主教中心的庄严辉煌。可一旦踏出这里,就立刻置身于懒散的意大利式休闲中。一部经典电影《罗马假日》,让意大利迅速从二战的阴影中走出,变身为一个浪漫的寻爱之城。电影中的许愿池,成了游客们必到的经典圣地。这里,就是贝尔尼尼设计建造的大型喷泉雕塑群——四河喷泉。四河喷泉为教皇而建,今日却见证了无数在此牵手许愿的情侣。罗马街头,到处是拉着手秀恩爱的人,各种肤色,各个年龄段,在保存完好的古城街道悠闲地步行,在古老建筑的台阶上成双成对地依偎,甜蜜的氛围,让人不由得相信这里会邂逅浪漫。

罗马的名胜实在是太多了,仅仅靠旅游,就足以吸引全世界的眼球。而意大利对文物古迹的保存也非常用心,所有居住在古迹上的民众都不得对其做任何改动和破坏,即使钉一颗钉子,也可能受到高额罚款的惩处,所以保存最好的古城,如佛罗伦萨,几乎完全被定格在了16世纪。

烜赫一时的美第奇家族曾经生活过的宫室,如今已改建为乌菲齐美术馆。这里是开启欧洲15世纪宗教艺术人性化崭新历程的地方,也是令所有艺术家热血沸腾的朝圣之地。乌菲齐美术馆珍藏着大半部西方美术史,几乎每一件都是赫赫有名的艺术品,穿梭其中,忽然感到在国内多年来所接受的美术教育如同盲人摸象,真的如此切近地看到这些杰作,才发现我们对西方艺术的了解原本可以这样简单而直接。在佛罗伦萨市政厅广场上有一组海神波塞冬喷泉组雕。波塞冬的脸其实来自一位佛罗伦萨大公,此人也是美第奇家族的成员之一。曾经出过两位法国皇后的美第奇家族靠雄厚的政治资本屹立于

15世纪的意大利,对艺术家和手工业者的大力培植和资助,使这个家族的文化影响力超越了国度和宗教,虽然后来家族灭亡,但他们留下的巨大的艺术财富却是无价乃至永恒的。

佛罗伦萨城中的河流、街道、教堂,都保存着中世纪时的模样。从乌菲齐美术馆可以步行到为纪念但丁而建造的圣天使教堂,这里还伫立着但丁像。但丁的父亲是保皇派教徒,当时保皇派教徒和罗马教廷斗争十分激烈,由于保皇派的失败,但丁遭到放逐。从佛罗伦萨离开的但丁,自踏上流亡之路后,写出了著名的长诗《神曲》,再也没能回到故乡。凝视但丁像,想到法国雕塑家罗丹在距离但丁200多年后以《神曲》为题材创作的《地狱之门》,一段在历史中延续的艺术佳话如在眼前。台湾导游把但丁比作中国的屈原,的确,两个人的诗篇都做上天入地的大胆描写,但屈原在亚洲对东方文艺的影响比但丁在欧洲对西方文艺的影响似乎要小。原因何在?恐怕是西方民主运动的力量一直在推动人文主义的复兴,而东方封建帝国的专制始终致力于消灭个体自我价值的觉醒,所以屈原的价值被曲解为忠孝之先,而其人文精神却后继无人。

离开如书本一样的佛罗伦萨,到最商业化的旅游城市威尼斯,真让人感到不适应。威尼斯的商店充斥着貌似中国义乌小商品市场的旅游纪念品,莎士比亚笔下的那个令人生厌的见利忘义的威尼斯,若干年后依然如故。这里的美景的确和当地人的狡狯不太协调。当然,看着一船船大喊大叫不停拍照的中国人,威尼斯人的冷漠也似乎情有可原。在这里,我拒绝乘着独木舟去看景点,那种喧闹,毫无乐趣可言。独自在小巷里慢慢游逛,随着人流在教堂中默默瞻望,细看马赛克拼接的图案,在某个深邃拐角里的咖啡屋喝上浅浅的一杯,将自己融入居住者的生活中,我感受到威尼斯温厚的另一面。在一个宁静无人的小广场中散步,我找到了这个过分商业化的城市和意大利一致的气息:那种即使千军万马的游客也破坏不掉的慵懒和闲适,那种一寸寸让光阴掠过身体而满不在乎的逍遥,正是意大利的魅力所在。这个曾经的帝国,静静地躺在和煦的阳光下,欣赏着自己的过去,似乎总因陷入对往事的追忆而忘记自己置身何方。

欧亚一城

君士坦丁大帝东征的时候，肯定想不到他选择的这个海峡，最终既没有信希腊诸神，也没有信上帝，而是信了穆罕默德。并且，以他名字命名的这个辉煌的城市，竟然被改成了一个很东方的名字——伊斯坦布尔。

这恐怕是世界上最独特的首都了，因为它不仅把亚洲和欧洲的小尾巴都扯进自己的城市版图里，还独吞了博斯布鲁斯海峡这个海上咽喉要塞——各种谍战电影都喜欢以它为背景，电影中退休的间谍似乎也都钟情于在此养老。为何它有如此魅力？恐怕除了海岸城市的旖旎风光，还与交通便捷、信仰自由有关。

在伊斯坦布尔，亚洲区和欧洲区隔海相望。当然，土耳其能拥有的欧洲也就那么大点地方，绝大部分版图还都在东方。坐游轮观赏博斯布鲁斯海峡，你可以看到海岸边有露天咖啡厅、休闲绿地、和一幢幢典雅的独栋别墅。这些别墅的院子向大海敞开，花园里的景色一览无余，院子靠海的地方就是各家的小小码头，跳上游艇就能到海里垂钓。院子后方当然有车库，有面向陆地道路的大门，开车出去，盘山而上，到处是郁郁葱葱的森林。

亚洲区和欧洲区之间有跨海大桥相连，无论你选择乘渡轮还是开汽车，往来两边都非常方便。如果你是个间谍，不但有比陆地居民多的逃生途径，还可以随时踏上停靠码头的豪华游轮。几乎所有环游世界的游轮都会在此经停，不同船只上的游客们相互挥手问候，那种"世界人民是一家"的亲切感恐怕只有这里最浓厚。

当然，作为一个几乎全民信仰伊斯兰教的国家，伊斯坦布尔最显著的特色是到处都有清真寺。但这并不妨碍其他信仰的游客旅行，即使在长达两个月的封斋节期间，土耳其的酒店和饭店依然照常营业。令人钦佩的是，他们的服务质量没有因白天禁食而打折，不管客人怎样饕餮，他们都视若无睹，唯有在晚间结束工作时才开始有秩序地集体祷告，共进晚餐。如果伊斯兰世界没有那么多极端势力作祟，我相信真正的穆斯林信徒其实是非常温和可亲的，就如我幼年在新疆时，也曾经心无挂碍的与穆斯林相处。

土耳其人能超然物外，也是来之不易的。因为在西亚、北非的伊斯兰世界，曾经比他们富裕的伊拉克、利比亚、埃及，如今都战火纷飞，不复昔日繁荣，唯独土耳其泰然自若，和他们实行的政教分离的民主体制及亲美政策有很大关系。

土耳其的中国游客不是很多，可能和民众对西亚的偏见有关。在中国历史文献中记载的黑衣大食和白衣大食，就曾经是丝绸之路上最重要的商业民族，而土耳其前身奥斯曼帝国及其邻邦，在很长的一段时期都曾以进口汉唐王朝的丝绸和瓷器，来装点他们奢华的上层社会生活。土耳其多数人为突厥后裔，和古代波斯人嫡系的伊朗为邻，两个爱玩扩张的野心家，曾在波斯帝国强盛时期东征到了西北印度的犍陀罗地区，而奥斯曼帝国更是一度吞并了希腊，最后却殊途同归，共同接受了来自阿拉伯王国的伊斯兰教，但二者最终各守一派，互不相容。受到这种复杂宗教关系的影响，中西亚地区的数度分合斗争，都充满着不足为外人道的神秘色彩，这些曾经纠缠了几个世纪的古老帝国：古罗马，波斯，奥斯曼，阿拉伯，经历了此消彼长的兴衰轮回后，如今所拥有的国土，都远远不及辉煌的强盛时期，而那些在历次战争中被反复争夺的地方，自然也就拥有了不少彼此当年的"遗物"。

土耳其最负盛名的旅游胜地，是因希腊神话闻名遐迩的特洛伊古城。赫拉、维纳斯、雅典娜被金苹果诱惑，进而导致了一场为争夺美人海伦的特洛伊战争。特洛伊木马，由此在古罗马行吟诗人的传唱下而广为人知。如果不是后来有较真的考古学家执意发掘，恐怕特洛伊永远都只是个神话了。当真实的特洛伊被发掘出来后，人们惊奇地发现这座城市竟然有近六千年的历史，远在特洛伊传说之前三千年，它就已经存在了，由于不断地在废墟上修复和重建，让特洛伊不同地层的古老遗址得以完好的保存下来。当年建在海岸边的城址，如今已被海岸线抛弃在万顷稻田之外，而特洛伊一期古城五千多年前的甬道，几块被打磨得光滑平整的巨石，及拼接处的严丝合缝，依然清晰可见。在残垣中细看，不由让人赞叹其建筑技术高明的同时，又为21世纪中国大小城市里那些短命的道路羞愧——不是技术不够先进，是现代人没有了这份虔诚的精湛。

土耳其三面环海，地中海、爱琴海、马尔马拉海，特别适合旅游度假。棉花堡的温泉，尤其为爱晒太阳的俄罗斯人钟爱。所以，土耳其的旅游业实际上多为欧洲和俄罗斯游客支撑，而其高素质的服务业也已与国际接轨。但在远离大海的中部和东部地区，土耳其人的生活习惯与沿海地区就不同了，他们和新疆塔里木盆地的维吾尔族人有许多接近的地方。比如手工地毯织造和陶器、习俗与传统，都如出一辙。内陆的名胜如卡帕多奇亚，地形也貌似新疆的魔鬼城，不过风沙较少，加之有当年遭到迫害的基督教徒开凿的地下城遗址，使这里又多了几分神秘的宗教气息。

实际上在土耳其，和基督教相关的重要遗址，几乎和古罗马的斗兽场一样多。如圣母玛利亚的墓地，诺亚方舟停靠的山脉及众多由天主教堂改造为清真寺的建筑，其中最有名的当属圣索菲亚大教堂。土耳其另一个不能不提的重要遗址，是以弗所古城。这里有世界上最早的医院，大理石抽水马桶，和藏书量最大的私人图书馆。在基督教世界，这里还因为诞生了圣徒保罗在他最后的布道中所写下的《以弗所书》而闻名遐迩。西方文化学者，喜欢拿孔子和保罗做比较：孔子和保罗都是生前没有机会施展抱负,在流浪中宣扬自己的思想,却在死后百年才得到了后世的景仰,被奉为圣贤。孔子的信仰是西周以前的明君政体,保罗的信仰是奉行摩西为犹太人创立的宗教制度和基督所继承的宗教观。从身世看,二人的确有些相似,但遗憾的是孔子至今仍然不能完全被他的子孙理解,而保罗当年传教的真谛,却被后世的信徒承袭了下来。尽管基督教最终在信众人数上无法与天主教抗衡,但影响世界的力量依然不可小觑,可我们的孔子呢,至圣先师被做成了商标却已篡改了内涵,真不若暴露在荒野中的这座希腊古城,至少,没有因粗糙的修饰改变它们的原貌。不被改变,才是历史最难得到的公正待遇。

在以弗所,我们遇到一对带着三个孩子来度假的法国夫妇,彼此问了国度,又问城市,当我说来自郑州的时候,对方一脸茫然,我只好用蹩脚的口语说靠近少林寺,她们立刻惊喜地问:你们是不是都会中国功夫?对这个问题,我只能干笑着摇摇头。也许他们不会问日本人是不是都会忍术,也不会问泰国人是不是都会泰拳,在他们的记忆中,如果中国不再是马可波罗写的黄金国,那这里还有什么比"功夫"更了得的东西吗?或许,欧洲对亚洲各国的了解,都远强似对中国的了解。

"小国寡民"的模范
——韩国

韩国的庆尚北道与郑州是友好城市,书画联展办了好几次,对方书画界的人基本也都来观光过了,而我们还没有"走出去",来而不往非礼也,于是文联这边就派了个团队过去办展览。负责接待的主办方非常尽心,没有走旅游线路,而是让我们饱览了别样的韩国景致,也有了更多深入了解对方的机会。

庆尚北道在韩国东南部,占地面积大,人口不多。这个地方特别能体现韩国经济发展的特色:科技含量高,生活节奏慢,自然环境保护得很好。由于接待方不熟悉中国国情,第一晚给安排到了love hotel,让男士们大为尴尬。在韩国人看来,感情好才睡在一起,所以韩国的酒店大多都没有可增加被褥供多人同寝的榻榻米房间,只有正式的星级酒店才统一配备标准间。韩国不像中国这样大规模地"普及"冒牌星级酒店。为了普通人享受的方便,非星级酒店更注重生活细节,设计也饶有趣味。这些为情侣们准备的love hotel,每个房间的装修风格都不同,但是细节上却是尽善尽美,色彩搭配浪漫温馨,连生活用品都很时尚。

早晨起来,走廊里有自动咖啡机,各种口味自选,静悄悄地下楼,阳光洒在人影稀少的街上,一派宁静悠闲。市政府的大楼临街而立,大门敞开,有几个人在门口草坪上"野餐",打听方知,人家是在抗议,没有保安,没有墨书血书,抗议完了,"野餐"者把垃圾收好轻松地离开了。

午餐是市长自掏腰包请客。据说是当地很正宗的一家烤肉店,七拐八拐的来到一个民居,原来是个家庭餐厅。韩国的猪肉、牛肉很贵,问他们为什么不多养猪,答道:肉贵,可以少吃点。同样,韩国本土的粮食都比进口贵,据说最便宜的进口农作物来自中国,这些产品在韩国入关时经历了最严苛的检验。韩国那么小,但是民众日常消费都宁可买贵的,也不买外国的。支持国货,在每个国民心中深深扎根,也许就这一点都足以让日本敬畏。

举办展览的地方,据说是新落成的会议中心。参展的嘉宾,全部西装革履,我方人马自然也入乡随俗。虽然和韩国在远古文化上有着所谓"一衣带水"的渊源,但现代的中国在融入地球村的风俗方面似乎还有待改善。开幕之后无非湖光山色的游览,星级酒店的千篇一律,倒让我怀念起love hotel了。

韩国人爱美是出了名的。上到八十岁的老奶奶,下至幼儿园小朋友,烫发染发,精致的服饰搭配无不面面俱到。即使是到了山沟沟里,那些穿着传统服装的人也都打扮得一丝不苟,洁白的衣服纤尘不染,真是令人叹为观止。沿着缓坡漫步，来到山上的道观。院子里有一口葫芦形的石臼，水瓢状横卧在接着山涧的竹筒下方，水流到"葫芦"较小的那个圆槽里，再从这个圆槽流入较大的圆槽，然后流进旁边的池子，石臼上放着一把竹水勺。我在小圆槽里掬了一捧，泉水甘甜清冽。那个大圆槽，料想是洗手洗菜的所在，而池子的水，可以拎去洗衣，浇花。一问之下，果然如此。这让我想起曾在书中读到的情景，这个节水的"装置"，当是中国古人的发明。在韩国，这种东西在山里随处可见，无论乡民还是往来游人，都会默契地使用水槽，不管多少人用过，竹水勺依然放在原处。友人说，这山中的房子和土地，比城市里贵，有钱又有闲的人住在山里，自耕自种，为的是享受这山中的静好和无污染的山泉。我一直以为我们所游览的不过是普通的乡村，没想到这些韩剧中常见的老房子和整洁却无人看守的道观竟然是富人的财产。除了优质的公路，没有刺眼的白墙红瓦，过度绿化，甚至没有围墙，人们自觉地将传统的乡村原汁原味地保留了下来。

韩国不仅有许许多多像电视剧外景地一样的乡村，还有数不清的私人岛屿。巨济岛就是这样一个地方。最大的岛礁并没有什么特别吸引游客的地方，值得一看的是它附近那些散落在海面上的大大小小的礁石。这些礁石最小的只有一两百平方米，大多数都因陡峭无法登临，只能坐在游船上绕行观赏。在波涛中峭立的岛礁看起来更像水培盆景，看几座尚可，多则乏味。不过游艇上的日本老奶奶们却高兴得手舞足蹈，听说她们每年都来，看着那一张张纯真甜美的笑脸，我似乎理解了日本人和韩国人为什么那么热爱他们的岛屿。

在这许多岛礁中，最闪亮的明珠就是外岛了。一个艺术家在五十年前买下了这个岛，然后和妻子投入毕生精力，把一个荒岛打造成了华丽旖旎的海上花园。这里也是日韩两地情侣拍摄婚纱照的绝佳去处，几乎所有的树都被细致地修剪出几何轮廓，意大利风格的雕塑穿插在浪漫的法式庭院里，精心选栽的花木随四季递转而绽放出永不凋零的姹紫嫣红，回廊、喷泉、铺地石都做了巧妙的设计处理，让岛上的风景从任何角度看都洋溢着艺术气息。在海上风云变幻的气候条件下，造出这样完美的花园有多么艰辛，真是难以想象。如果用这样的作品衡量艺术，我想绝大多数的艺术家都不会及格。

就自然条件而言，韩国比中国差，但正是因为先天不足，韩国人特别爱惜他们的土地，塑料袋、一次性用品几无踪影。虽然没有去旅游线路游玩，但大致可以想见，韩国的风景名胜也只是相对于其本国多数地方略有特色罢了，之所以能吸引中国人蜂拥着跑去旅行，多半倚仗韩剧的功劳，当然还催生了整容之类的副产品。这让我感觉有点像回锅肉，只不过我们把"卖肉"的钱又拿出来买了"回锅肉",赔钱又吃亏,心里还很美。

当我写完这篇文章,想用一个词来总结对韩国的印象时,脑海中自然浮现出了"小国寡民"四个字。这不是笑话韩国国土面积小,而是作为一个易于治理的国家——在老子关于不同国家如何治理的阐释中,对如何将"小国寡民"的弱势转化为优势,有这样一段论述:

小国寡民,使有什伯之器而不用;使民重死而不远徙;虽有舟舆,无所乘之;虽有甲兵,无所陈之;使人复结绳而用之。至治之极。甘其食,美其服,安其居,乐其俗,邻国相望,鸡犬之声相闻,民至老死不相往来。

现在看来,曾经被我们呼为"南朝鲜"的韩国,真的是做到了老子所说的境界了。唯独一点,半岛上这两个国家的老死不相往来,不是因为合天道而行仁政,而是因为双方政体和背后力量的博弈。

第二辑
悟会闲云

衣钵

文化界习惯用"衣钵"来形容正统、嫡系的传承。衣钵,本身应是先圣传道给学生的信物,可是大多数愚昧的"学生",从来都不会让圣人的衣钵顺顺利利地传到他们真正的继承人手上,阻碍和抢夺,甚至改造和毁灭衣钵,恐怕是中国文化史上最常见的现象了。

衣和钵,原指佛教创始人释迦牟尼的基本生活用品。托钵乞食的目的,是为了让所有施主都能够参与和分享布施的利益,而袈裟呢,自然就有了法衣的价值了。所以用来乞食的这个大饭碗儿和其生前的旧衣服,成了佛陀涅槃后最有象征意义的遗物。本来印度的原始佛教对衣和钵这两样东西也不怎么看重,释迦牟尼涅槃后,大家都忙着争辩不休,为了每隔一百年都要跑到山洞里去开党派大会和为自家学说结集这些事忙得焦头烂额,打得难分难解,所以谁也没在意,释迦牟尼的遗物怎么就偷偷地东去了万里之外的南朝梁,而且成了具有佛教正统嫡传的象征了。

释迦牟尼的衣钵是随菩提达摩一起出现在南朝梁的。当时南朝梁和其他华夏族裔都信仰道教,但是南朝梁的皇帝对佛教很感兴趣,所以他把在西域漂泊的达摩接了过来,想听到一种符合他心愿的新的思想。可遗憾的是两个人根本谈不来，一拍两散，达摩就北上去找能传道的地方了。达摩来中原的时候，肯定是抱着坚定的信念的，他相信如佛陀所预言的那样：佛教会在他灭世五百年后在他的祖国消失，而在这个国家逐渐兴盛。他的祖师摩诃迦叶在灵山目睹世尊拈花时的一笑，让佛陀选择暗传衣钵给他这秘而不宣的嫡系。至于为什么秘而不宣，我们从今天佛教的貌似繁荣实则衰败的局面就可以看出当初释迦牟尼的深谋远虑了：一切世间至上的真理，不能以文字形式著书立传，不能以大开方便之门的讲授使人明了，因为一切有声有形的传授，都会导致以讹传讹的异化，最终使真理消亡殆尽。所以东方的这两位智者——佛陀和孔子，都只是讲授而不著书。由于他们和学生之间的讲授与问答在传世时不容易被改动，所以迄今为止研究他们思想的最可靠的文献，仍然是这些"课堂笔记"。但是佛陀到底有没有在"课堂笔记"之外又搞了这么一支秘密的嫡系来传授心法，则成了无法查证的公案了。

　　总之，如果这秘密的独传真的一直存在，那么他们明智地保持了独立——始终没有参与印度本土佛教的论争，而是秉持着佛祖的遗愿历经几代人努力和万里艰险路程的跋涉来到中原，期望能够在这里弘扬光大佛法。可是，在中原传教太难了，达摩非常灰心。他本是一个婆罗门种姓，在他的祖国他背叛了家族和信仰，真诚地皈依佛陀，为弘法东来中原，可这里的人们那深深的我执之念牢牢地固守着旧有的传统，根本不能接受佛陀的义理，如果不能通过一国之君来传法，那么他是不可能让这个国家的百姓信仰佛陀的。此时的达摩，只能默默地踽踽独行。在面壁修行若干年后，他终于在雪夜里等到了一个痴心的断臂求学的徒弟——神光，达摩给他取法名"慧可"，把衣钵传给了他。独臂的慧可继续传法，但他传道的过程依然非常艰难。此时，已经有了一些西域国家的佛教的传教士们在中原活动了，所以当时的佛教传播的局面是非常混乱的，再加上大家民族不同，语言不同，翻译出来的佛经不同，所以各自奉行的佛教的义理也不同。而且，由于南朝梁和北朝各国的风俗的差异，这些佛经和教义被当地人接受的时候就自然产生了各种不同的见解。当时，道教的势力依然强大，为此道教几大派还曾经多次组织与佛教斗法，这些事后来被演绎到了《西游记》的情节中。此刻，衣钵又一次出现了：虽然道士们把和尚们搞得狼狈不堪，但纹丝不动的衣钵竟大显神通，慑服了所有围观者，从此，佛教成了北朝的国教。典籍中没有记载当初是谁把衣钵拿出来的，按说这么神圣的圣物是不能示人的，但佛教在中国的传播那也是经历了五度兴亡劫难的，所以在万劫不复的时候还是有必要拿出来的。

再说慧可虽然有衣钵，但是不被佛教界众流派认可，所以他传法的时候和古罗马的大学教授一样，找个人多的街头就开始宣讲了，慢慢地也有些寺庙皈依了他所传的法门，请他设坛宣讲。可是好景不长，他的信众越多，嫉恨他的人也越多，他知道自己迟早会被对手害死，就把衣钵传给了一个居士。这个居士（僧璨）后来听说慧可被杀，一直隐居在安徽皖山一代，默默的修行，直到十四岁的小和尚道信出现。看到这里，我们也可以相信，衣钵不一定都必须是传给出家人的，虽然僧璨是居士，但他悟性很高，慧可绝不是为了找个保管衣钵的人而传法给他的。此时，经历了东汉儒学复兴，道家式微的百年动荡，中原大地已经被强盛的隋朝统治。原来活跃在北魏的佛教随着国家统一影响到了南方，所以道信传法就不同他之前的三位祖师：他可以搞个"根据地"了。

　　道信在他信众最多的双峰兴建寺庙，供佛设坛。这个时候的禅宗，开始显化他们原本秘而不授的心法，让以心法为重的禅宗，正式成为一种宗教流派确立起来。道信是一个实干家，他不仅修建了许多寺庙，让禅宗信仰广为传播，还在隋末大动乱的时候拯救过被贼兵围城的百姓，用便宜有效的草药阻止了瘟疫蔓延。这之后，唐朝取代隋朝，太宗已经听说了不少道信的事迹，想让他到皇宫去聊聊，但是道信不肯。这和达摩刚来中原时的情景多么不同啊，但是道信这时候也深知，要保存禅宗的衣钵，不能太过张扬，所以他四次拒绝唐太宗之后，不得已选择隐居。道信带着众多弟子，建了好几座寺庙，到他二十七岁的时候，僧璨云游回来，把衣钵传给他后就站立着涅槃了。

经过数代人的努力，道信深感没有神化的佛教传播之艰难，所以他其实是将禅宗不求形式的根本给改变了，这种改变让禅宗实力大增。这期间，有个想向他学道的人张怀，到双峰种松树，但是道信觉得他根性愚钝，没有收他，说你下辈子再来找我我才传法给你，这时候道信也就十五岁。十几年后，死期将近的张怀，来到一条小河边，看见一个未婚女青年在洗桃子，他说我快要死了，请你答应我一事，这女孩于是糊里糊涂地答应了，张怀就托魂到她身上，后来女孩有了身孕被父母赶出家门，以乞讨为生。小孩出生后没有姓名，七岁的时候，碰到道信，要跟着他出家，道信看出原委，就和他母亲商量后要了这个孩子，给他取名弘忍。

弘忍随道信出家，聪慧非常，后来得了道信的衣钵传承，成为中国禅宗的五祖。此时，唐朝已举国崇敬佛教，慈恩宗、律宗、天台宗、贤首宗等佛教流派相继成立，和声势浩大汇集众多"海龟"的国际大腕儿慈恩宗相比，禅宗要弱多了。以湖北皖山黄梅一带为根据地的禅宗，和远在长安城的玄奘法师的名门正宗慈恩宗，正好因地理便宜所割据，各自传法。不过，也许是衣钵的魅力，也许是弘道方式的引力，四面八方来求道的人还是络绎不绝。这些人中就有个卖柴的苦孩子惠能。

当时的寺庙已经等级森严了，被分到杂役班的惠能做的是比较低贱的工作——舂米，而且他又不识字，谁也没想到他竟然能作出一首超越当时五祖大弟子神秀的偈语来，这桩典故就是大家耳熟能详的"明镜本无尘"了。不识字的惠能，父亲原来也是个小官员，可惜在他出生之前因罪而死，所以惠能长大后就成了没资格上学的穷苦孩子。五祖看见他找人写在墙上的偈语，默不作声，给了他三下，慧能就知道祖师爷是叫他午夜三更去秘授机宜——这个好像也被编到《西游记》里了（类似的情形还有很多，可见《西游记》并不全属捏造）。这次，弘忍在传了《金刚经》给惠能后，亲自给他安排小船和生活必需品，把他送到河边，像做贼一样送走了惠能。

为什么传衣钵不能光明正大却要偷偷摸摸？原来，禅宗衣钵的传承，最初都因祖师们生活困顿，没有多少人出来骚扰，而此时的禅宗，已然发展成蔚为可观的浩荡之师，加上神秀的地位在众多僧人和信徒中已经非常牢固，衣钵传给他，似乎是顺理成章的，而传了一个不识字的杂役僧人，可想而知会引起多么大的纷争。其实佛教传播的过程也始终伴随着这种斗争的危机，慧可不就是死在辩合法师那个披着袈裟的恶魔手下的吗，这种悲剧从来都没有停止过。为了把衣钵传给真正的禅宗思想的继承人，经历过得到衣钵后备受排挤之苦的弘忍，精心设计了惠能出逃的过程，在他消失三天之后，他才在圆寂前说出这个秘密。

果如弘忍所料，他刚圆寂，神秀就率领众人追堵惠能。这时候惠能坐的船已经到了江西九江，大多数人追出没多远就都跑不动了，而且山野河畔，踪迹全无，大家也不知道该往哪儿追。此时队伍中有个和尚慧明，因为出家前在军队里是个小军官，有着猎犬本色，体力非凡，就自告奋勇先去追踪，等找着了惠能再把他押回来和大家会合。于是神秀的大队人马就地等待，慧明自己去追惠能。惠能到了岭南，觉得这地方够荒僻了，就此上山藏身，但不想没几天慧明就赶到了。衣衫褴褛的惠能藏在荆棘丛里，衣钵留在旁边一块大石头上。慧明去取那衣钵，怎么都拿不起来，他就大喊，说我不是为了衣钵来，请你出来我要听听你讲法，为什么祖师要传衣钵给你。惠能这才出来，向慧明讲法。慧明听了非常信服，当即拜师，并且在这山野里服侍惠能。为了保护惠能不被神秀等人伤害，过了些日子，慧明安顿好惠能，就向他辞行了，他回到安徽和神秀他们说，自己把下游所有的地方都找遍了也没有找到惠能，估计他可能遇到不测了，众人这才回头。神秀自此自立门派，独揽大权。

惠能在深山老林里过了五年的野人生活。最初，他也曾帮猎人围猎和布置陷阱，但是每次他都把捕获的猎物放跑，所以连这么点差事也没有了，基本上就只能像山中野兽一样的活着了。当神秀早已把惠能忘在脑后的时候，惠能来到了广州，正巧印宗法师在法兴寺讲道，乞丐般的惠能又接了个"风动幡动仁者心动"的妙语，让印宗大为赞赏，亲自迎接，并为他剃度。得到印宗的帮助，惠能在广州站住了脚，而后返回他曾经流浪的曹溪，在那里兴建寺庙，开创了南宗。

若干年后惠能圆寂，他的弟子们把他的遗体送回曹溪，也把衣钵密封起来供养在了塔院内。从此，衣钵，这个从古印度不远万里而来的圣物终于结束了颠沛流离的传续生涯，安然休憩在了华夏大地。有意思的是，当年以正统之名盛极一时的神秀"北渐"的根据地嵩山洛阳一带，今天成了禅宗发祥的旅游胜地。实际上，当年六祖惠能并没有能够看到自己创立的南宗强大到超越神秀，只是在他死后，他的弟子神会在把势力范围扩大到南阳一带后，才在大唐藩镇势力的推广下重新确立了他身为真正衣钵传承者的地位。

在佛教历史上，到底衣钵意味着什么，估计很难有人说清楚。因为神秀所传的"北渐"东渡到了日本，玄奘开创的慈恩宗影响了朝鲜及日本，再往达摩以前说，龙树菩萨所传的小乘佛教和密宗越过喜马拉雅山到了西藏，以及全盘接受印度原始佛教的锡兰，这些地方形成一个大的佛教文化圈，但他们都没有接受过衣钵传承。所以衣钵在这种无法限定的思想传播下自然慢慢失去了它的权威性，诚如自达摩到五祖弘忍以来的几位祖师所认为的，能接受衣钵的那个人，必须是天然"法器"，"法器"既已不传，衣钵也就不用再传下去了。今天我们的佛教、儒教、道教，何尝不是如此，圣人不再，法器亡佚，世间至上的真理也就不比种种"名器"，自然就会堕入末法时代。

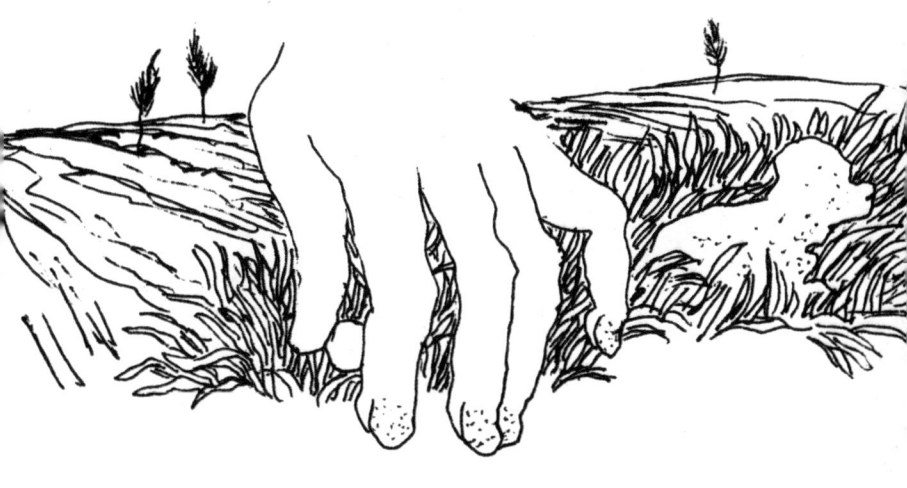

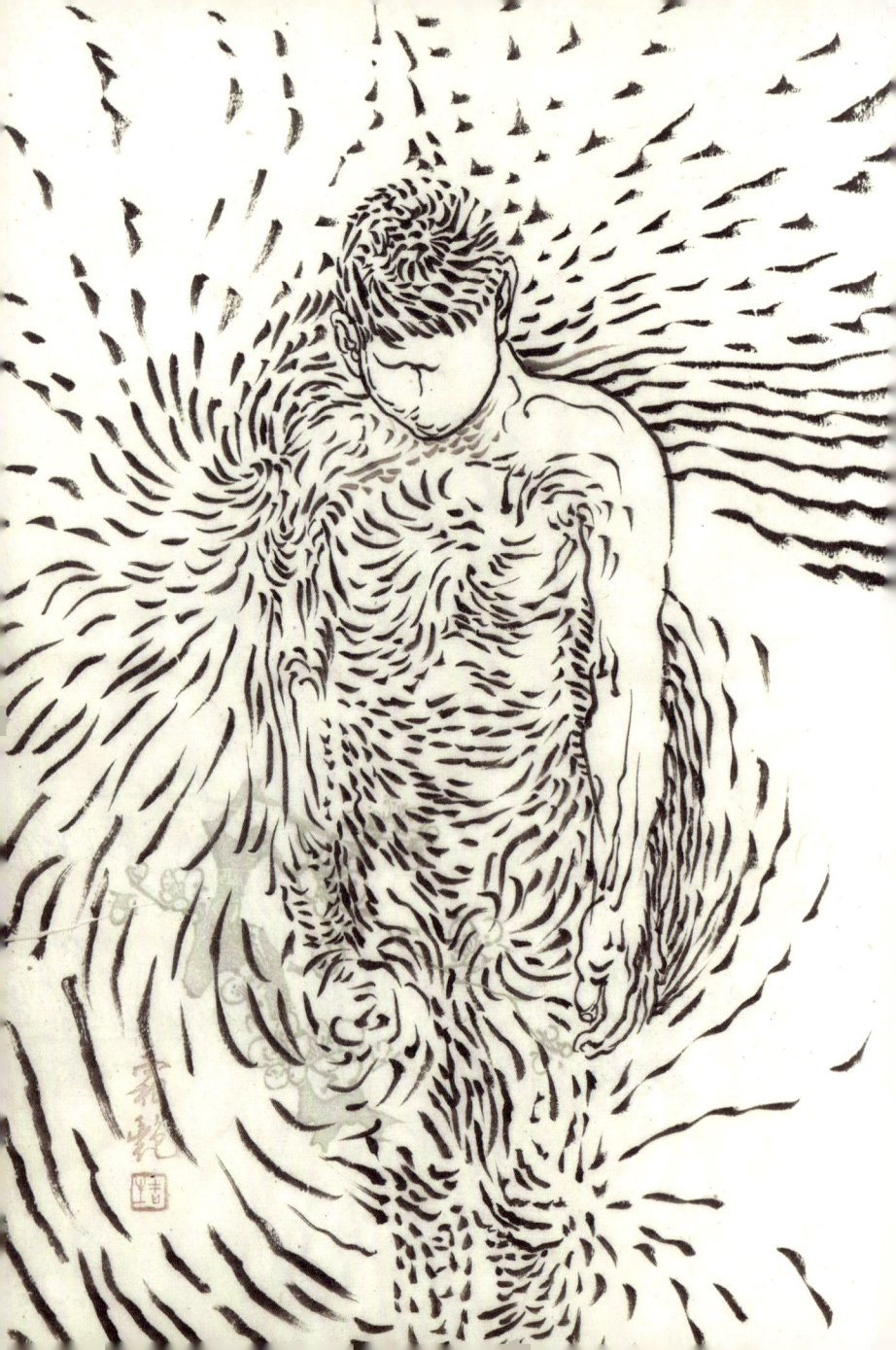

《心经》里的亡者世界

《心经》全称为《般若波罗蜜多心经》，是教人证悟空相进而达成涅槃境界的佛经。"般若波罗蜜多"，是从梵文直译的密语。很多经咒中都有密语，为什么历经上千年如此多的高僧都不翻译？一方面，是因为梵文和汉语语言表述范畴的差异，容易导致翻译后曲解原著精神，另一方面，如我们把典籍里的上古文保留至今一样，只有保留当时的语言，才能精准地还原当时的语境。对"般若波罗蜜多"的解释有很多种，所谓彼岸，所谓超越自我的大智慧，其实无非都是超越此身血肉之躯的束缚，抵达与宇宙真相接近的世界，即亡者世界。放下对语言本身的执著吧，慢慢你会发现，般若波罗蜜多，是种不可解说的境界，一旦翻译成有意译的词语，它就被缩小了。

在大多数迟疑于信与不信之间的读书人心中，《心经》是获得认可度最高的经文。不信的人，认为《心经》的通达死生的透彻似乎从道家思想演绎而来；信的人，认为《心经》所言的每个觉悟阶段，是真实可靠，能够实现的。佛教在中国知识分子中，被接受和不被接受的部分，正如《心经》：被接受的，是哲学的部分；而不被接受的，是宗教的部分。而宗教的部分中最难以获得认同的,是对亡者世界的解读。

大千世界,是在此世界以外更大更辽阔的无数多重世界,而我们所生活的此世界,被佛祖称为"娑婆世界"。娑婆,是梵文saba的音译,意为"堪忍"。"娑婆世界"是指必须忍受众多痛苦的世界,也是释迦牟尼教化的范围。这个世界千变万化丰富多彩,但这个世界的众生却执迷不悟刚强难伏。一切一切的经文,都想告诉我们这个世界的娑婆之相,是迷幻的、不真实的,但是又是我们灵魂必须经历的一个过程。死亡,是离开娑婆世界,前往其他世界的结界,并非生命的彻底灭绝。以我浅见,佛家思想的世界观(如果可以用,也暂且用"世界观"三个字来阐释的话),其实就是亡者世界观。

亡者的世界,在各种宗教中都有不同的描绘,大体上分为地狱和天堂。地狱,是受惩罚者的去处,天堂,是善良人的归宿。因为没有办法在此世界窥探彼世界的秘密,人们只能依靠想象去猜度亡者的世界。西方宗教里的亡者世界没有佛教这么复杂,只要在现世忏悔和祈祷,每个人在死后都有机会获得"救赎",进入天堂。即使有罪,神也会帮你扛着。而佛教的亡者世界却复杂至极,大多数人都要为自己此生所犯的错被送去"十八层地狱"接受惩罚,只有极少数人才能获得往生极乐世界的待遇。所以,佛教的亡者世界显得更加可怕。其实，正信的佛教，不是教人畏惧死亡，而是教人们解脱现世苦难和轮回之道，只是经过明清佞佛的道德家们的加工，才演变出"十八层地狱"等种种恐怖景象，并通过形形色色的经变图大加描绘造势，既能恐吓无知平民，又能巩固当权者的统治地位。这种被恶意夸张的亡者世界，使得中国人的死亡观被锁在深深的恐惧中，人们避讳谈论死亡，追求长寿，甚至连与死亡近似的谐音都被视为不祥之兆。

读《心经》，体味每一个字背后的玄机，就能看到一扇通往亡者世界的大门正诚恳地向你开启，仿佛一个宽厚的长者对你说：去看看吧，那里其实并不可怕。是的。亡者世界是否可畏，在于你对当下所处世界的认识程度有多深。你认识此世界的程度越浅，就越恐惧有一天会走向那个世界，你认识此世界的程度越深，就越发坦然，知道那个世界和这里没有什么本质的差别。没有恐惧，就没有地狱。

《心经》的开篇，显现的是观世音菩萨久远前入世修行时的一次对话，那时候，他还是观自在菩萨，他和佛陀的弟子舍利弗，还有你，都坐在一起论道。他把自己开悟"般若波罗蜜多"境界时的体会，一一说给舍利子听：在对娑婆世界的观照中，他体会到"诸法空相"，进而由浅入深地解释，这一切佛法的空相，不会增加减少，不会有新生和消亡，不会因任何人的见解而更显圣洁或遭到贬低,即永恒不变。这个空相,本质上是不存在我们眼睛所看到的一切有形有色,耳朵所听到的一切声音动静,鼻子所闻到的、舌头能品尝的一切味道,以及身体能感受和触碰到的一切物质,甚至种种情绪,以及脑海中那无法觉察的闪念。这是我们人类在修行时,以禅定的念力,凝视着自我的内在,定力愈深,愈是能看清我们被自己的眼耳鼻舌身意所蒙蔽的天真,直到连凝视自我的初心也化了,肉体的一切束缚才消失,这便是五蕴皆空。

从这个内外皆空的世界中继续观照,连眼界、意识界也都渐次成为空相,没有明亮与黑暗,更没有无边的黑暗,没有生死,更没有生死轮回的尽头。我们自认为的人类思想结晶的知识和智慧,其实都不存在。我们此前在娑婆世界种种的学习和经验,只是一种短暂的拥有,而非永恒的得到,所以我们从来不曾得到过什么,不曾蒙受过苦难、爱恨情仇,不曾得到过那些我们一直以为属于我们的东西。当你证悟到这个境界的时候,其实是不需要用到任何思想智慧的。就是说,在你清除了你此生此世所知所学的一切,包括清除了对佛法的一切知见后,完全以空空的纯净如初生婴儿的身心去观照,才能证悟"空相"。这个最终极的"空相",就是"涅槃"。

讲完这个心法,观自在菩萨举例说,有个叫菩提萨埵的人，就是证悟了这个空相，得了"阿奴多罗三藐三菩提"的果。所以说，舍利子，你们要相信这个法，是最重要最有威力的一个心法。《心经》的最后一句话，就是观自在菩萨教舍利子在证悟这个法的时候修的一句咒语。

《般若波罗蜜多心经》，其实就是教我们这个世界的俗人，怎样平静安详地迈入亡者世界的初级课程。经文中最核心的内容是咒语，即《心经》最后那句梵语："揭蒂揭蒂，波罗揭蒂，波罗僧揭蒂，菩提萨婆诃"。这是许多世轮回中所有菩萨（智者）修行用的天梯，他们到达彼岸，得了果位又为此咒语加持，所以咒语是有灵验的。但是，有咒语还不够，必须要注意心法的修炼，所以前面讲了一大堆的话，是"使用步骤"。最后，告诉你到达彼岸后的收获是什么：阿奴多罗三藐三菩提。得了这个果位，你可以不再坠入六道轮回，也就不再受到爱恨情仇的纠葛、生老病死的折磨，从而获得灵魂的真正解脱。

按照佛家思想的观点，人死后灵魂是不灭的，因为已经脱离了肉体，很快会忘记在此世间所知所学的东西，也无法再停留在生前的世界，所以灵魂飘忽不定，唯有受到情绪和意志的左右：仇恨、未了的心愿、贪欲、迷惑，会牵引你坠入新的轮回，因恶趣而坠恶道，因迷惑而任凭那个时空的气流将你推入任何生命的通道。所以说，在生前修行的人，如果修得好，可以证悟"阿奴多罗三藐三菩提"，面对死亡时是没有恐惧的，没有恐惧就没有幻想，不会坠入幻境，不会被六道牵引，得以超脱，即"涅槃"。

那么在佛教中修到"涅槃"算不算进入天国呢？所谓的"极乐世界"，并不是像壁画里画的那样莺歌燕舞，而是灵魂安住，欢喜宁静。所以也就没有西方世界所谓的天堂。佛祖曾经说，即使极乐世界，也没有永远安享不变的道理，那个世界和无数其他的世界，包括我们的娑婆世界一样，都是在变化的，而要修行，最好的世界还是娑婆世界，因为苦难可以磨练人的意志，而极乐世界却没有磨练的机会，如果不继续修行，还是会堕入轮回之中。

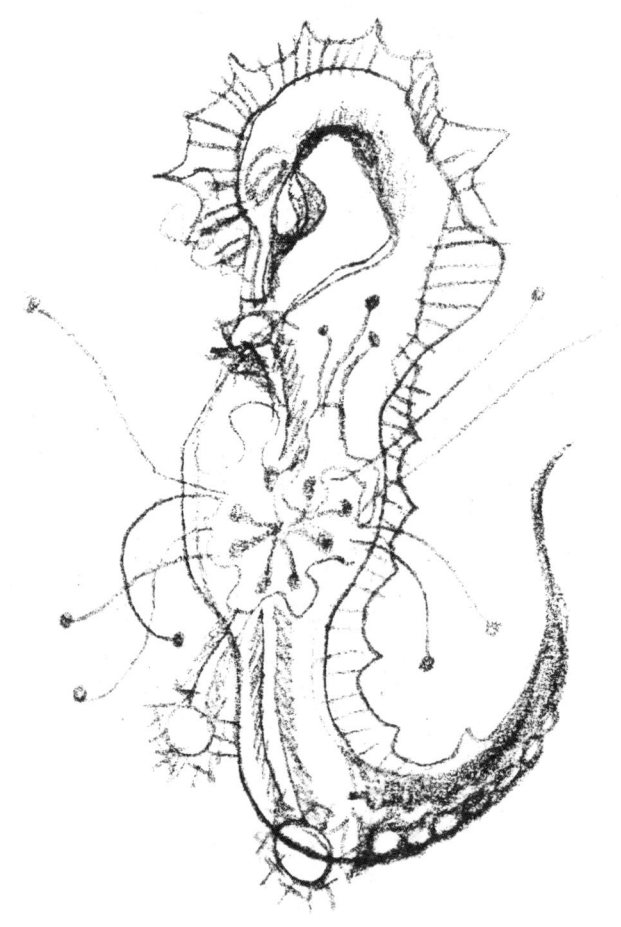

出世之心入世之作

几年前开始画"芳草"系列,作为大型创作之外的小品,这个系列短暂告别了历史感、时空性和视觉冲击力。我在创作的两极——巨幅大制和水墨小品之间游弋。一方面,从大作品中涤炼宏观的人生镜像;一方面,在日课式的小品中滋养现实世界琐细之美。二者的协调,对于人物画家来说,或许显得有点分裂,但事实上,正是这种分裂,可以让我以更全面的角度和视野观照艺术的深度和广度。

以美术史的习见,人物画领域,论高古,陈老莲第一;论神韵,顾恺之第一;论得意忘形,梁楷第一。此千年一出的大神通,我辈常人不能也不必极尽毕生追摹。首先,时代不同,当代画家应以当代生活为创作之根本;其次,个人禀赋阅历不同,所谓大师,基本上是漫长历史时期中经历无数浩劫后幸存下来的作品的署名者,以管窥豹,难免生出许多偏见;再次,笔性不同,对所有跋涉于毛笔生涯的作家而言,无论画画作书,都须有对自己笔性的觉悟。畏惧用笔之人,即使画工笔,也会有肉无骨,更无笔性可言,艺术生命必然不能长久。而了知自己的笔性,才能了知应循哪条道路去学习和借鉴,找到"师古人"的心迹,否则,永远停留在低等次而不能上进。

人物之难,在初学者是造型,在专业者是炼形,在神通者是忘形。没有充足的前期积淀,一蹴而就必然先天不良,不能厚积薄发。我以为,山水花鸟画家都应将写生和临古作为必修课,唯人物画家应比之更多一个基本功——解剖。但是,人物画家在技法上还必须兼具山水花鸟创作的能力,否则不可能达到融会贯通,纵横捭阖的大自在境界。

"芳草",是我对女性题材作品的概称。这些貌似温情脉脉的女人,以及她们所处的唯美甚至过于物质的环境,却是我在极简单的生活中得来的。我称之为:以出世之心,做入世之作。

出世之心,既非打坐抄经,玩香尚古,也非闭门谢客,自绝于世俗。今人羡慕古人的隐逸,多半缘于厌倦城市空间的拥仄,偶然起念,不能持久。以儒道释三家之论纵观,求心不求迹,方为真正的出世,而有迹无心,实在是把修行变成了苦行,刻苦勉强,日久必为之所累,遂生厌离之情。物质财富并非祸水,但若将其当做真实的拥有,就容易让人患得患失。财富如流水,五行里讲金生水,水生金,实际上是道出了财富的本相——财富有着不确定的流动性,随时会产生变数。看穿财富的本相,知其来去不过是变化了几番的声名形色,才不会沦陷到用它来炫耀,用它来诠释人的价值甚至甘被其奴役毕生。

　　同样，在美术创作中，我们也会不经意地被技巧——这种艺术家的"财富"所迷惑。但凡刻意于物像细节描绘的人，都容易落入对技巧的迷恋。久之，即难以超越造型的初级阶段。一个艺术家，没有丰富而高超的技巧，就不可能随心所欲的创作，但若是把某招某式玩得烂熟并以此安身立命，则实与江湖杂耍无异。如打铁的一辈子会抡锤，但却打不出宝剑，以技术熟练著称，尚不如初出茅庐的后学用赤子之心所画的天然之作。

　　古人画画，多数没有条件写生，就是有条件，工具材料也不如现代人便捷，所以大多数时候是靠练就一手目识心记的硬功夫。宋徽宗主持画院，常就"孔雀落足"这样的问题考察画家的观察能力，试想若无精微入骨的观察和铭记，如何能画出飞鹰扑兔的惊恐，雨雾昏暝的山谷？不依赖照片而入写实门径，需要下很大的苦功，而这样的苦功在今人看来颇有几分愚痴。但对于写意画家来说，又是必须的一项技能。

　　在写实状态下，应以"入世"之心融入创作，以目识心记练就的本领实现具象表达。没有这样的心态，就无法和对象取得共鸣，作品也就不可能深入到对对象瞬间情态的把握。而一旦由造型向炼形转化，由具象入表现之境，则需抛弃迷恋细节和技巧的"入世"心理，从

"拥有"中超脱出来。一瓶一杯，一桌一椅，这些在观者看来千变万化的东西，在我眼中并无实质差异。形态各异的物品和容貌不同的人一样，本质上也并无差异。作为画家，以出世之心作画，就是掌握了这种本质，任我如何变化，无非是在"入世"之眼里多了几许迷人的尘埃。

舍不得"入世"的财富，就放不下"入世"带来的累赘，被自己已然取得的成绩深深吸引，情难自弃，自然无法转入更高境界的"出世"状态。艺术创作的精进，是一次次的经历从"入世"到"出世"，再复从"出世"到"入世"的转化，每一次的努力获取，都意味着下一次重头再来，不断的放弃迎来不断的新生，只有敢于冒险，才能超越。技与道，是一对相生相克的孪生兄弟。和他们如何共处，考验着艺术家的智慧，历史上没有一个文坛画坛先驱，不曾经历过这样的洗礼。所以舍得，常常是对自以为拥有的东西最难割舍，对不曾拥有过的东西，就不会那样放不下了。

剑的故事

一

冷兵器时代，顶级战斗力靠的是锋刃和宝马，就像现在靠核武器和卫星，所以任何一个国家要想挺直腰板，都必须掌握顶级战斗力。读大学的时候，我曾经是个军事迷，特别喜欢单兵武器，十几年过去，早已经不再对这些东西感兴趣。但是那种"尚武精神"的余绪还在骨子里，喜欢纵横天下的感觉，时时梦回"吹角连营，挑灯看剑"。

我的前世一定是个武士。只不过我今天的战场是一张张白纸。当我心中没有把握的时候，总是对这些白纸心怀歉意，所以落墨下去，难免生涩磕绊。这样的日复一日，二十年下来，从最初的画完几百张纸才能挑出一两件满意的作品，到现在废纸日益减少，可以说艺术上的进步和成熟，是伴随着对数以万计的宣纸的"屠杀"获得的。

现代社会，国家已经成为一种概念，二战以后确立的世界格局，确保了掠夺国土的侵略战争不再轻易被发动，这在漫长的冷兵器时代是不可想象的。那时候，靠海的民族，要掠夺大陆民族，大陆上物产贫乏地区的民族，要掠夺鱼米之乡的民族，所以没有哪个统治者不重视顶级战斗力。宝剑，是冷兵器之王，在中国又为君子必佩之物。古人认为，君子必须要佩戴的两样东西：玉和剑，都是通灵宝物，能够和鬼神交流，所以宝剑佩戴在君子身上，是要为君子滋养一种胆气，而非实战所需。铸造宝剑需要掌握复杂高超的合金技术，铸剑人要有造化天地的能耐，多半非神既鬼，或如干将莫邪，或因怨恨化入宝剑，产生邪魔之力。

古人对宝剑的爱慕与迷恋，与他们深信剑气会带来的护持威力有关。剑胆琴心，是有一身仗义胆气，正大如宝剑光华，有一个秋水之心，能听天籁静好，能观鸟语花香。天地之道，就是与这金石土木做成的灵物融为一体。所以宝剑之能传世，是合乎存在之理，只与有缘人相逢。而那一场相逢，必伴随着血雨腥风。诚如我辈，还是只与笔管结缘为好，只要下笔有剑气，必有灵光乍现的画面出现。

二

关于剑的事，古人写得很多，最近看了《墨客挥犀》，觉得其中一文有趣，白话翻录下来，是为故事一则。

晋惠帝时，有人得了一根三丈多长的鸟羽，展示给张华看，张华一见，面色惨白地说："这是海鬼的毛啊，一旦面世恐怕天下难以太平了！"

陆机有一次请众宾客吃饭，用鲜美罕见的腌鱼肉招待大家，张华一看到这道菜，就说，"这是龙肉"。大家都不相信，张华说："用苦酒浇到上面就知道了，如果是龙肉，一定有不寻常的事发生。"于是当面一试，果然焕发出五色光芒。陆机回去问这条鱼的由来，属下人说从花园里的茅草堆下所得，可知此非池中之物。

又一次，有人看见密封很严的兵器库房里忽然出一只野鸡，就问张华是何缘故。张华说，"这是蛇变化的"。于是打开库房，果然看到野鸡旁边有蛇蜕。

广闻博见的张华，连晋惠帝遇事也要请教他。吴郡临平的河岸崩塌，露出一个大石鼓，但是用什么槌子敲打它都没有声响，惠帝让张华想办法，张华说："可以采来蜀地的桐木，刻成人形的鼓槌，用这个槌子敲这个石鼓才会响。"于是惠帝照做，果然灵验，而且鼓声能传到数里开外。

晋没有吞灭吴的时候，吴地经常会发出紫光，这紫光在北方，道士们都以为那光芒是吴地强盛的征兆，认为不可进攻，唯独张华不以为然。后来吴被灭了，这个地方的紫气反而更加明亮，张华打算去探个究竟。他听说豫章人雷焕擅长勘测，所以请他来观天文，找到北斗星和牵牛星之间的这个出现紫光的具体地点，判断那里到底是什么东西在作怪。雷焕登上高楼看了许久，对张华说："这个紫光应该是剑气，而且是剑精所放射的剑气，所以才能有照彻天空的光芒。"张华对他说："你讲得有道理。我小时候有算命先生说我六十以后会位列三公,须得到宝剑佩戴在身才行。看来是要应验了。你能看出这个地方具体在哪里吗?"雷焕说:"在豫章的丰城。"张华说:"如我给你个官职,你能去替我把宝剑挖出来吗?"雷焕答应了,张华非常高兴,就补了雷焕一个丰城县令的官。

雷焕到任后,以建造监狱为名,挖掘房基,挖到四丈多深的时候,看到一个放光的石函,他打开盖子,里面有一对宝剑,上面还刻有题字:一把名为龙泉,一把名为太阿。这天晚上,北斗和牵牛之间的紫气就消失不见了。雷焕用南昌西山北岩石下的土擦拭宝剑,光芒四射,又将宝剑放在一盆清水上面,炫目的光辉让人睁不开眼睛。于是雷焕派使者将其中一把宝剑和岩土一起送给张华,留下另外一把自己佩戴。

雷焕属下的人问他:"你得到的是两把宝剑,却只给了张华一把,他位列三公,又擅长'博物',你能骗得了他吗?"雷焕说:"放心,张华会有大祸,他自顾不暇,怎么顾得上问我呢!而且他那把宝剑原本应该系在徐君墓的树上,属灵异之物,终归化去,不会永远臣服于任何人。"

得到宝剑的张华,对此剑爱不释手,常常放在身边,寸步不离。他以华阴土拭宝剑,发现雷焕送来的南昌土不如华阴土,于是给雷焕写信道:"仔细观看了宝剑上的纹理,我发现这是神剑干将,既有干将,为何不见莫邪?天生神物,终要双双相合。"他把这封信和一斤华阴土捎给雷焕,雷焕以土拭了宝剑,发现果然更加精光四射。没多久,张华便遇祸被诛杀,宝剑也从此下落不明。

雷焕死后,他的儿子雷华承袭父职做了州从事,带着宝剑出行,到了延平津这个地方,宝剑忽然从他腰中跳出坠入水里,雷华派人下水去捞,不见宝剑,但见两条龙各有数丈长,身侧有纹理题字环绕。捞剑的人受惊吓回到岸上。不一会儿,水面上放出五彩光芒,波浪沸腾,两条青龙现形后随之消失。雷华叹息道:"先父曾说宝剑终将会化去,张华公也曾说它们最终会相合,看来是真的了!"从此这对宝剑再未出现。

三

偶于案头小憩之隙翻唐人诗话,读到一个小故事,信笔图画了一幅,名为《破山剑》。录款识于下:

唐人笔记有云:耕夫于地中掘一古剑,尘垢遍布,遂磨挫如新,售市,胡人见以千万求售,隔日来取。夫奇之,以剑试庭中石,轰然崩。胡人来取,见剑无华,弃之。问曰,答,此为破山之剑,一指则废耳。耕夫大悔。余以之奇记之。癸巳如月赵曼并记于午后。

人常言宝剑赠英雄。读了这个故事,方才深知此言不虚。古人笔记里多灵异故事,难以考辩真伪,但是神剑的传说未尝都是神话。为便于画中题款，故事来自印象中的简要概述，原文阐述的更为详细。一个农夫在集市上卖剑，索价百万，路过的胡人商贩却要给他千万黄金，于是二人约定由商贩回家筹钱，要隔天来取。这个胡人也真实在，要是搁到现在，这叫"捡漏"，买家是不会傻到自加银两的。说到这又让我想起许多文献记中记载的神奇货物的买卖大多少不了胡人的参与，看起来在唐代，胡人不仅是以商业为生，而且还通晓鬼神灵异之消息。

耕夫好奇这宝剑为什么如此值钱，拿起来舞弄一番，随意指了一下院中的石头，不料石头轰然崩碎。等胡人来取时才道出原委：原来此宝剑名为传说中的破山剑，指山可崩，胡人打算用它来开一座富含黄金宝石的宝山。但此剑只能用一次，被耕夫这么随便一指，浪费了它最尊贵的意义，就变成了普通的铁剑，自然也就不值千万两黄金了。

方廉

方廉,是我读老子时摘出的一个词。取自《道德经》".其政闷闷,其民淳淳。其政察察,其民缺缺。祸尚福之所倚。福尚祸之所伏。孰知其极,其无正。正复为奇,善复为妖。人之迷其日固久。是以圣人方而不割。廉而不刿。直而不肆。光而不耀。"方,是刚正、有棱有角;割,是方直的锋芒太锐利会成为伤人的利器。廉,是清廉公正;刿,是剐,暗指刮泥巴般刮得干干净净。

圣人——一个地方官正义凛然好不好呢?他是非分明,奖善惩恶,把国家治理的井井有条,本来是非常必要的,但是过于繁琐细致的法律条款反而容易让小人钻空子,过于严苛的执政者会因为他的刚正不阿而带来戾气,因为过于追求清廉公正而让追随他的人得不到好处。所以,要让百姓保存淳朴的民风,这个执政者既要刚直,又要注意不能锋芒毕露;要廉洁奉公,但不要赶尽杀绝,要耿直但不能过于张扬,有了很大的荣誉的时候要功成身退,千万别到处炫耀。我总结了老子这段话的意思,就是"方廉"二字。

这个三千年教育清官的古训,是中国古代官员的一把戒尺,遵守的人能善始善终,逾越规矩就没什么好下场,有几分"厚黑学"的意思。老子对民族根性的洞悉,在今天依然有其意义。这段话实质是警告圣人必须把"糊涂"保持得恰到好处。"闷闷",就是该过问的不该过问的,自己心里明白就可以了。反过来,若是制度过于"察察",则给了善于钻空子的小民们更多机会,让他们生出更多伎俩对付地方官。这让我想起范仲淹写《岳阳楼记》的初衷:滕子京非常有才华,但其个性也特别张扬,史书中记载他"宗谅尚气,倜傥自任,好施与,及卒,无余财",即使被贬谪,他依然本性不改。这让他的好友范仲淹非常着急,正好滕子京请他写《岳阳楼记》,他就利用这个机会规劝滕子京,所以文章中的千古名句,其实是另有一番深意。在中国特有的官场生态下,有个性的人总是缺乏生存空间,所以清明的政治和人性的阴暗总是善妖相守,不断的较量。

"和其光,同其尘"是老子提出来的,后来被引入佛教,大意是保持内心清高的君子,还要随顺尘世流俗,让自己更圆融。弘一法师曾经在谈到这个问题时讲过一点,叫"寡恩薄施"。一个人既要有古道热肠,又要谨慎施予,因为经常,热忱的帮助未必会带来善意的理解和回报,行善的分寸一旦过头,就会变成"善复为妖"。一味行善不如在必要的时候行善。就像我们一贯的认为追求绝对公平正义是对的,一贯认为无私的帮助别人是对的一样,在这里,这些都是极端的因"善"而变为"妖"的误解。所以，如何坚持做一个善良的人，是有原则的：如果你有财力能够施舍与帮助别人，雪中送炭强似锦上添花；如果你有权力执行公平正义，要注意掌握分寸不必刨根究底，维持一种"其政闷闷"的平衡，包容一小点刚直、公正的反面。

所以，在"方廉"这句话前面，说的是祸福相倚，奇正相参，——没有永恒的祸也没有永恒的福，好事与坏事，总是在量变与质变的交替中相互转化。读到这里，意兴阑珊，随手画了一块磐石，又在旁边添了一盆仙人球。磐石形方，仙人球棘刺，两个案头寻常之物放在一起，别有几分新意。古代文人画画，恐怕也是出于这种心态，于读书之外偶有感想，又不便形成文字授人把柄，于是便以画代文，传达心声。

随手画"方廉"，其实是我在读书之外的一点感悟所化，有几许游戏笔墨，也有几许书生意气，文字绘画的乐趣，也正在于这种清赏的自在中！

思愚

　　西方的"愚人节",是个让大家专门开玩笑的日子,但这个节日到了中国有点变味,开玩笑过了度,就变成了愚弄,被愚弄的人当然不甘沦为"傻瓜",心里不免悻悻然,为此心存芥蒂也未可知。可见"愚人"不一定适合中国的国情。而在中国文字里,"愚"却别有境界,兹就柳河东的《愚溪诗序》,写下我的愚思。柳宗元这篇诗序,本是为他在愚溪之石上的题诗做的注脚,不想若干年后,原诗亡佚,描写作诗背景的文字却流传下来。文中写道:"灌水之阳有溪焉,东流入于潇水。或曰:冉氏尝居也,故姓是溪为冉溪。或曰:可以染也,名之以其能,故谓之染溪。予以愚触罪,谪潇水上。爱是溪,入二三里,得其尤绝者家焉。古有愚公谷,今予家是溪,而名莫能定,士之居者,犹龂龂然,不可以不更也,故更之为愚溪。"

　　原来这曾经没有名姓的小溪,因以往主人冉氏家族的居住,而被命名为冉溪。柳河东被贬谪到此,自嘲是"因愚触罪",所以给这条小溪改名为愚溪。"愚溪之上,买小丘,为愚丘。自愚丘东北行六十步,得泉焉,又买居之,为愚泉。愚泉凡六穴,皆出山下平地,盖上出也。合流屈曲而南,为愚沟。遂负土累石,塞其隘,

为愚池。愚池之东为愚堂。其南为愚亭。池之中为愚岛。嘉木异石错置，皆山水之奇者，以予故，咸以愚辱焉。夫水，智者乐也。今是溪独见辱于愚，何哉？盖其流甚下，不可以溉灌。又峻急多坻石，大舟不可入也。幽邃浅狭，蛟龙不屑，不能兴云雨，无以利世，而适类于予，然则虽辱而愚之，可也。宁武子'邦无道则愚'，智而为愚者也；颜子'终日不违如愚'，睿而为愚者也。皆不得为真愚。今予遭有道而违于理，悖于事，故凡为愚者，莫我若也。夫然，则天下莫能争是溪，予得专而名焉。溪虽莫利于世，而善鉴万类，清莹秀澈，锵鸣金石，能使愚者喜笑眷慕，乐而不能去也。予虽不合于俗，亦颇以文墨自慰，漱涤万物，牢笼百态，而无所避之。以愚辞歌愚溪，则茫然而不违，昏然而同归，超鸿蒙，混希夷，寂寥而莫我知也。于是作《八愚诗》，纪于溪石上。"

柳宗元写这篇诗序前，因受王叔文集团改革失败牵累而贬任永州司马，而且朝廷规定他终生不得量移，等于在宦途上给他判了死刑。既然被打到永远不得翻身的地步，柳宗元就干脆在贬所置地，把一腔报国热情和旷世才干埋到他的溪山别院里，但是这种掩埋却仍怀着放不下的愤懑和委屈，使他不能不借着诗性发泄出来。然而仅仅是写诗又还不能尽述他的心思，所以要再写个序来阐释做诗的背景，但这种绝望境地下的书写，在柳宗元笔下却因富有调侃意味而显得特别精彩。

作者不但给这条其实"善鉴万类,清莹秀澈,锵鸣金石"的溪流取"愚"名,继而又将最宜居之处纳入他的"愚丘",并将其中所得之泉池,所营之堂亭,皆以"愚"为名。优美的风光,雅逸的庄园,却被柳氏"以愚辱焉",似乎在嘲弄这自然天成的青山秀水,这种先将所处环境痛贬,继而自贬的话语方式,使作者的"自取其辱"被推向反面的反面,从哲学的角度占领了"愚"的制高点。在愚人愚己、愚景愚物的铺陈下,文章中却处处透露着犀利的讽意,尤其是当愚溪"能使愚者喜笑眷慕,乐而不能去也"的美丽和愚者痴情山水的天真烂漫相对,更是彻底反转了"愚"字的本意。这个愚,已经不是生理上的缺陷,而是站在世俗恶疾的对立面上。

在黑白混淆的岁月,谁又能分清愚和智?当一个人无法以常态的语境来直陈他的思想,就必须选择用相反的方式来讲话。正是柳河东的洞达和妙笔,造就了这样一篇讽趣天成的奇文。柳氏之愚,不是大智若愚,因为他没有隐藏自己的锋芒,但是他的愚,也不是强加给别人的"愚"——正因为他不是权臣,没有欺骗和愚弄别人的企图,所以才会被人暗算。所以此时此刻的柳河东,退而思过,以写检查的口吻,责备自己"遭有道而违于理,悖于事,故凡为愚者,莫我若也"。然而,柳河东在他的"检讨"中埋下一个伏笔,已然清清楚楚表达了对"愚"的正面阐释:宁武子"邦无道则愚",智而为愚者也;颜子"终日不违如愚",睿而为愚者也。宁武子说的"愚",是一个国家因君主无道陷入混乱,高明的人会让自己看起来有些糊涂,但并非真愚。颜回在孔子面前从无违逆,人皆以为其忠诚如愚,但那只是一种表象,也不是真愚。但柳河东在这个伏笔之后又笔调一转,继续自嘲道,现在我"遭逢"有道,不能把自己比喻成宁武子,那么我的"愚"就是造化弄人之"愚"了,所以我就是天下愚人中最"愚"的那个人了。

行文至此,柳河东将自己推到了历史上的圣贤身边,虽然刻意描写了真愚和假愚的反差,但却是在写自己内心的孤愤和悲凉。当大环境世风日下,不愿苟合的"愚者"只好选择以自我放逐的方式僻居乡野,独自终老于万古洪荒的寂寥。

韩柳文章,在唐代古文运动中之所以能成为一面鲜明的旗帜,在于韩愈和柳宗元生前都是雄才大略之辈,却在仕途上饱经挫折。所以他们的诗词文章,往往与宦海争斗的起伏相伴而生,笔简意新,磊落跌宕。诗意的叙述不再是排遣和炫耀,而是他们放飞自性的后花园,只有在这个后花园里,他们才能卸下为人臣子的恭谨和栗怵,也只有在这样的文体里,才能令他们的文字活色生香。政治文章，在中国的历史上总是占据着主流地位，但这些假惺惺的文字，不过是一袭华丽的寿衣，最终会腐烂在朝代的更迭中。柳宗元的散文，在那个矫饰主义盛行的时代，以罕见的精湛醒豁书写出另类的篇章。

人间世

庄子在《南华真经》内篇中,将"人间世"列为第四。这篇看似讲述人间的文章,反复絮叨的却是几段不才巨树的寓言故事。木匠和徒弟在路上遇见一棵巨大的栎树,树荫覆盖逾百人,但是木匠目不斜视,只顾行路,弟子问他为何不去看热闹,木匠说:这树砍了也是不成材的木头,用来做车毂会散架,做门板家具用不了一年就被虫蛀,做棺材很快会腐朽,这样的废物看了也没用。到了晚上,木匠梦见栎树来责问他:我与你没什么过节,为何污蔑我为废物?以你们人类的想法,对你们有用的东西就是好的,但是看看那些能结果子的树被折断枝干,能做车毂的树无端遭到砍伐,它们也是生命,却因有用而遇横祸,唯独我不能为你们这些木匠所用,才能够活到现在,成为一棵寿享天年的社树,这就是最大的才用。不材之才,是"人间世"的核心。

难道在这人世间除了避免祸端就没别的了吗?第一次读庄子的时候,我心里充满了问号。隔了几年,读了太虚大师的文集,看了佛学中对人间与现世的一些散碎文章,慢慢觉得古人的东西不是我想象的那么简单。返回再看,忽然发觉,要读懂"人间世",必须仔细揣摩在它之前和之后的那两篇文章:养生主第三,德充符第五。

"养生主第三",讲的是我们最熟悉的故事"庖丁解牛"。养刀如养生,这个概念本身似乎就是矛盾的。郭象在篇名注下写道"夫生以养存,则养生者理之极也。若乃养过其极,以养伤生,非养生之主也。"不知道当初甄选中学语文教材的人是出于什么想法把"庖丁解牛"选进了课本,让对传统文化本身就懵懂无知的少年们误以为《庄子》是本杀牛宰牲的无聊古书,误人之深,岂不胜于"以刀养生"?正如庄子智慧的玄妙在于隐匿在寓言故事的背后,庄子文章的机巧也在于每个篇章之间跨越式的连缀。关于养生的话题,他都融贯到其后的"人间世"里,并假借孔子之口在"德充符"中做了小结式的开篇语"死生亦大矣,而不得与之变"。倒回来再读,方才渐渐理出脉络。

人生而在此世间,无法知道自己的寿命有多长,苦难有多少,面对广阔的宇宙,人是如此渺小,以我们短暂的生命去领受无穷世界的风物,是完全不可能的!但是我们可以尽量避免祸端,让自己老有所养,死得其所。凡人贪恋为谋生存而琢磨出的种种雕虫小技,不论这些技巧有多么高超,即使上升到"道"的高度,也不能违背我们谋求生命存续的初衷。这里,再讲文惠君见庖丁杀牛,就有了另一番深意。庖丁顷刻能将一头牛解剖得骨肉离析,文惠君问其技术为何熟练,庖丁说他没有着眼于"技"而是在"道",所以别人几个月换一把刀,而他十九年用同一把刀依然崭新无痕,由此文惠君盛赞他是善于养生,因为他用的是"道"。这是一个鲜明的讽刺。庄子在篇尾用了我们最熟悉的典故"薪火相传",点明了养生的含义:人的生命,不过是我们手中的柴薪,火因柴薪而燃烧,老的柴薪燃尽成灰,新的柴薪接续的依然是不灭的火焰,如同我们的生命,不是在一簇柴薪,而是在被火燃过的一簇又一簇的柴薪的交替中获得永恒。

这种对生命意义的解读,和佛家所讲的娑婆世界的生命流转本质上是殊途同归的,即我们在现在所能感知的真现实,仅仅是浩瀚长河的一段,我们无法预知自己的降生,会是这河流的哪一段,是清澈宁静的湾泽,是激流跌宕的险滩,还是浑浊翻滚的下游?但是生命并不因这一段的结束而止息,人生也并非是现前的利益所见,放下生死,了知个体生命是遂愿而转换的无尽的能量的延续,才能洞悉对"技"的偏执已经远离了自然之道。所以,在"人间世"中,庄子反复强调,一个看起来很不完美的人,只要循其本性,自能获得生存的福祉,反而,那些过度暴露自己能力的人越是容易遭到诛伐。在乱世,求生是第一要务,这是庄子所生活的那个时代的残酷的本质。但现在,我们依然能够从他的书中看到人间之苦,多半已不是来自于外部的迫害,而是早已深入我们内心的对体用事功的执著。

人生而属于社会，人的社会性，是我们在这红尘中无法摆脱的宿命。我们所生存的时代，决定了我们生命的价值。生于战祸，则命如草芥，苟活和自保才是王道。生于和平，我们才能在安宁富足之余，进行种种可能实现的选择。这些选择，大多数不是由心而发，是因为社会对个人价值的认定，是无意识的随波逐流，这样的生存，每日每夜宰割着我们的自性，大家都努力地要成为某种思维定式塑造下的"有用之才"，宁可被摧折被利用，还依然沾沾自喜。奔波，劳碌，慢慢地陷于麻木。看看庄子用古木之口道出的警句吧：我在这繁茂的森林自由的呼吸新鲜的空气，不必担心执斧的木匠走过我的脚下，我看着远处奔跑的马车，那车毂正是我曾经的同伴！同样生而为万物，为何命运如此不同！我们不是树，我们可以选择，这本身就是一种幸运，因为我们在这有情世间拥有一次宝贵的生命履痕。

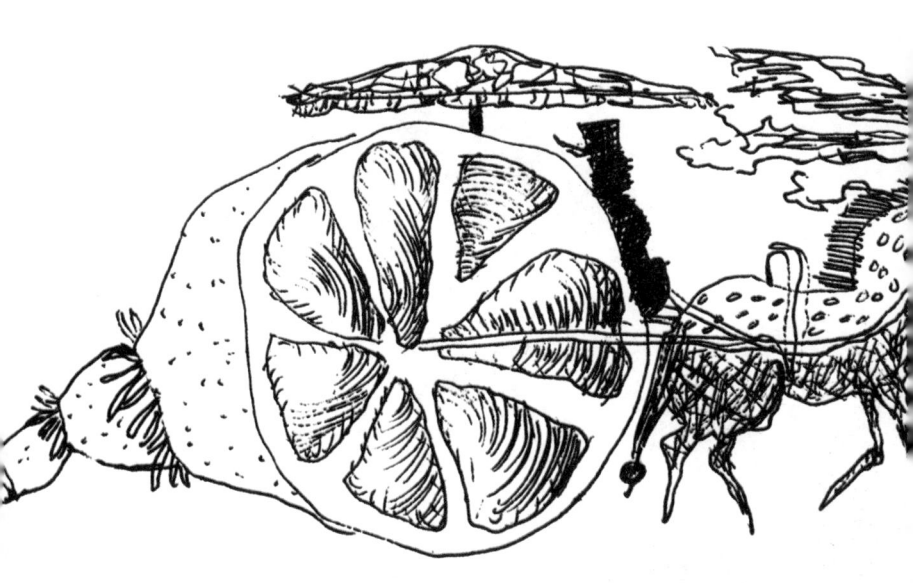

长生不老药

人到中年，身边亲人、朋友生病的多了，大家逐渐关心起健康话题，各种五花八门的养生节目和微信开始引人注目。

我不是学医的，但古文还算凑合，所以经典原著略能看懂一二分，于是画画间歇翻翻医学典籍，一来换换思路，二来也是想了解点皮毛，不至于被江湖术士民间高手们忽悠。《黄帝内经》里的章句，是被引用最多的，这个要看，《抱朴子》据说是葛洪养生术的精华，也要好好读一读。但是在我通读二书后，感到养生和健康的问题，似乎远没有文化误会的问题严重。

我们的祖先，准确地说是我们所生活的这块大陆上的祖先，最关心的问题是粮食问题。所以大家几千年来打仗争夺的核心是有良田的地方，西南黔桂多山少地之处，从来就没有中原两河的肥沃平原重要。这种建立在争夺粮仓基础上的王权，对土地的依恋情节是血浓于水的，无论劳动者还是贵族，一切都以土地为中心。当他们受到生老病死的威胁时，也就自然的发展出来两种拯救自己的方式：一种是长生不老，一种是益寿延年。道家与巫医修炼的法门，是长生不老，《抱朴子》是其中一个代表；而民间得不到修炼机会的，只好遵循中医传承下来的经验，通过服药和针灸治疗达到延年益寿的目的。昏庸的君王痴迷于前者，而明智的君王会选择后者，所以古代医生们就假托上古圣君黄帝的名义，编撰了《素问》。因为黄帝问的是如何使百姓和贵族们防病治病，如何结合天道仁政与人的肌体关系来治国的关乎"大道"的问题，所以《素问这本书更倾向于以道论治，如果对《易经》不了解的人读了它，往往如坠雾里。而《黄帝内经》的下卷《灵枢》主要讲针灸的技巧，操作性更强。

按现代人的说法，《黄帝内经》其实是讲中医的宇宙医学观的，而这个医学观里包罗万象，你不能说有个头疼脑热了就从里面摘出来一句话说这是《黄帝内经》讲的治疗方法，也不能非常刻板的去对应一个笼统的疾病特征。比如人们常说的"风寒"、"湿邪"，并不是某种疾病，而是指人体自身节律和自然季节变化的和谐被破坏时的现象，如果把现象对应疾病，进而用对应的药方去治疗，就容易出现治疗上的失误，这种失误是一知半解造成的，而非古人有意使之玄虚。所以我看了《素问》后，最大的担心是，现在的医学生，有几个会认真研究《易经》呢，如果不懂周易，怎么来理解《素问》，如果不能正确的理解《素问》，又再学些经方，背些个现代医学的理论，脑袋里各种观念打架，怎么会辩证施治呢？所以可怕的问题是，中医是最聪明的文科学生才学得了的东西,偏偏这样的学生大多熬不了做学问的清苦。

经常在各种场合听到对中医疗效的批评,甚至几十年来取消中医的呼声从未停止,但这些反对中医的人,往往是受害于学艺未精的医生却完全不了解中医思想的人,和他们争辨中医的优劣,根本就是对牛弹琴。中医的传统多来自经验,西方人称之为经验医学。这个经验对有的人有效,有的人就无效,而人的问题又最复杂。我们中国人千百年来早已经解决的问题,现在又成了问题了,就是个体的差异。个体的差异说到底,是每个人的天生禀赋的差异,因为有这种差异,人们才有各种各样的性格,每个人的气息和能量也因此不同。现代医学已经发现用大量量化的实验数据诊病治病的弊端,转而开始重视个体差异,而我们的古老的祖先早在三千多年前就已经发现了个体差异的重要性,可以说对个体差异的理性看待,在现在这个重视科普的时代更应该被重视,而在上古时代,巫医们就已经在利用个体差异来解释"长生不老药"失败的原因了。

被江湖骗子们奉为养生祖师的葛洪,就曾在他的著作《抱朴子》里信誓旦旦的说即世成仙、长生不老是非常确凿的事实。这本书用大量的篇幅告诉人们"长生不老药"生长的地方、形态、采摘方法以及用丹炉炼药丸的步骤。这些"长生不老药"的原料无非水银朱砂这类剧毒化学品，且不说吃到咱们这种蛋白质生命体的肚子里会发生些什么反应，光他那些对炼丹环境的描写就够吓人的，比如必须抛弃财产家庭孤身上山，餐风露宿，还要事先学习各种防范野兽毒蛇的法术等等。在上古时代，要具备这些炼丹条件，几乎是不可能的，加上人的个体差异，能够即世升仙者当然是凤毛麟角。

葛洪一生痴迷于炼丹，活了八十多岁，不算特别长寿，关于养生的话题在他的著作里只是零星提及，倒是书中多处谈到服食精灵鬼怪的话题，比如如何虐杀千年蝙蝠和凤兽等所谓的"肉芝"，用来佩戴或制药，让道士们的形象变得令人反感。葛洪的这些文章，在他那个时代被认为是无私的，因为"长生不老药"都是道士们的秘方，而葛大爷却大大方方苦口婆心地写出来告白天下，这是多么难能可贵！所以葛洪的著作虽然匮乏有价值的信息，但却让后人从中看到了日本鬼魅传统的来源。

日本是个多山国家，森林多，妖魔鬼怪也多。日本的文艺作品有一个永恒的主题就是鬼魅文化，这也是西方世界对日本文化特别感兴趣的原因。而日本人用这个特点大做文章，创造了许多衍生产业，经济价值随之放大。但实际上这些东西大多来自古代中国。比如基于社神观念产生的多神崇拜，在乡野间散布的土地神、树神、河神乃至石头神、各种动物神和灵物等等。这些神鬼像人类社会一样有等级界定，能力和特长也不一而足。有鬼神，就有降服鬼神的术士，术士们有自己的符咒和式神，虽然花样百出，但基本上都能从葛洪这样的道士们写的书里找到渊源。如果不是挽救千万人性命的长春真人丘处机在南宋末期改革并弘扬了道家思想，剔除了葛洪辈对道教的恶劣影响，也许中国社会也会保留下来一部分多神文化。这些原来居住在中国的高山大泽的神仙鬼魅移居岛国后，繁荣昌盛，融入了娱乐元素，成功转型为"文化产业"的赚钱机器。

明清时期，魑魅魍魉在文人的笔下被写成了正面角色，一改唐人志怪故事的恐怖狰狞，这些幻变成人类之后反而有情有义的形象，大大激发了人们对精灵鬼怪的同情心，所以此时葛洪的书就逐渐被遗忘了。试想那八千年的蟾蜍精和两万年的白蝙蝠，躲过了三灾利害（按《抱朴子》原文，是指在修道五百年后，要经历三次天打五雷轰，每次间隔五百年的灾难。《西游记》里一字不漏地摘抄了原文，讲明孙悟空就是为了躲这个灾难学的七十二变），哪有那么容易被一个手无缚鸡之力的道士给当做"肉芝"弄死，所以葛洪的说法，逻辑上是不成立的，自然信奉者寥寥。随着森林被大量破坏，城市激增，鬼神们都开始消亡了，现实的问题是，许多疗效显著的野生药材也消亡了。人们还没有来得及用科学去验证这些古老的经验，先已毁灭了这种可能。物种侵略，重金属超标，水源污染，都让那些在古书中起死回生的妙药失去了生存土壤。等我们证明中医中药的确有用的时候，可能那一切早已成了标本。

若说这世上到底有没有长生不老药，《黄帝内经》已在开篇给了答案：上古之人的养生之术，是可以寿及三百年的，只是随着人类社会结构日益复杂，物质日益丰富，这种养生之术的实行变得不可能了。《素问》出现的东汉都已如此，在现代社会实现的难度当然更甚于古人了。作息随日月星辰四时节气而动，心态与天地万籁俱寂，才是正的长生不老药，只是这个看起来更美好的时代，其实已经用匆忙，吞噬了人类自我修正的机会。

录梦记

余常有梦,且多情节曲折,仿若真实。于梦中经历种种故事,传奇者大可捉笔细思,著作成书,但余皆不以为然。世情百态,无非爱恨离愁,未足称道,但往往如有神示者,在梦后不久应验,使吾警觉。其中或可启发智识之士,录其一二,不悟者,权当一笑。

其一

时与室友同眠。梦吾二人携手游一金碧辉煌古寺,寺外街市繁华,人烟稠密,忽然间众人皆散,正踟蹰间,见一褴褛老者催促道:"还不走,要入阴界了!"余方欲回头,未知身后朱门已闭,寺庙之内景象大变,阴愁惨淡,痛苦哀嚎呻吟声万万千千从四处涌来。余感地气翻腾,不可久留,紧拽室友秘嘱:"务必屏息行走,默念六字真言。"遂用外衣裹头遮面疾走。所经殿宇,每间里都阔大无边,似乎入了一个世界,痛苦折磨之惨烈令人不敢侧目。及至穿出,复变为一普通殿宇,而每经一处,皆胆战心惊,恐怖万般。

越十数间殿宇后,余愈发感到熟稔,推测出口应已切近。不料被一游魂识破,遂被扭送至殿宇之内。与十几被捆者同弃一处。俄尔,一胖妇人带几个女子来清点,说道,将某某几个送去油炸池,某某几个水煮池等,看余时,竟道:"你原是这里的,应当知道规矩,未到时辰怎误闯进来的?"余一时纳罕。妇人又道:"也罢,你既已来了,先去消了账再说。你们把她送去烤池,凡生前好食烤肉者皆在彼。"又指着室友道:"那个送蒸池,与好食蒸鱼蟹者同烹。"又复言余:"你消了账,此劫后还回来同我们一处,不要再犯了!"彼时旁边一女子道:"此轮烤池蒸池已满,因近日贪吃造恶业者太多,又有许多要多烤蒸几轮的,这些新下来的须多等几日了。"胖妇人发了几句牢骚,待女子们用铁链子拉了一伙人出去,便嘟哝着离开了。彼时屋内哀号遍地,余却无恐惧之情,对室友道:"过几日拉我们去烤池蒸池时,你须记专注六字真言,不可有一丝杂念,唯有定力可救你我出此阴宫。现莫顾左右,一心持诵。"室友闻言照做,吾二人便一心各诵自己日常功课,室友唯知六字大明咒,余则诵所熟大悲咒及往生净土咒。

几日后,众女子携铁链来取人,将余数十人送烤池蒸池,期间又有许多被牵进者,余奇之,每日锁入"仓库"者成百上千,何以只见到这十几人?其中许多总也觉得面熟,但细想皆无来由。及至烤池,巨大深邃,黑烟炙热,遥看室友,已被滚滚蒸气所没,各赴己命吧!余遂与众人从大烤池上过,心中诵咒,无有恐惧,渐不知所到何处,回首看时,室友亦至,身上锁链俱无。欣喜挽手共往下一处殿宇去。室友叹服道:"专注持诵,功德竟如此神奇!但不知那些人下落如何了!"余太息道:"过蒸池烤池,无可逃之法,唯仗生前功德,彼放生无数,方才得大威加持力,保君消此劫难。但我唯恐你离此地将忘此境,到彼时未必有如吾之伴,须防再入迷途!"

以后几座殿宇,悉皆顺利通过,中途又有无数惨烈之景,无非种种业报。幸我二人无涉,未再遭牵连。过末一殿宇,见朱门辉煌,余二人疾走奔出。此时云开日现,寺庙外复如之前所见繁华,褴褛老者惊道:"你二人竟然出得门来,罕见,罕见!"余正欲详问其由,倏忽不见,唯见寺庙与常日无异,许多香客来往,摄影留念,吾二人俱惊骇。

梦醒,遂问室友,其曾有梦,答曰无。

又数日,忽忆梦中所到之地,历历竟然雍和宫矣。一年后,余偶读西藏某上师文章,其言曰寺庙皆为彼世界之无间地狱,心下未免悚动,俟后,每见饕餮无度之人,莫不为之叹息。

其二

夜游一阔园,外环河流池塘,饭店房屋。往来三五人群,有俗有僧,相邀听课。余欲随往,人皆婉拒。遂独游。至门侧,见一台阶上有三人奏乐,音甚美妙,但所奏乐器甚异,其一人吹葫芦丝,一人抚古琴,一人拉小提琴。余未曾闻葫芦丝若此柔缓，小提琴若此醇厚，与古琴之律颇和，暗自赞叹！旁已有一二人，另三两闻者皆非人形，其一甚小，仅有余掌大，陶醉状极憨，旁人低语道："此是小凹，如有求相呼，必相助。"

曲罢，奏乐者从台阶下，余也欲下，及近，惊觉已在金字塔之顶。陡峭如壁，巍然矗立，而众人皆若无视，

唯余战栗，徘徊无计，恐惧更甚。急中生智，大呼："小凹救我！"忽见台阶从余脚下展开，宽阔平坦，余循台阶而下，始觉宽慰。此时路过一人，摇头微笑道："此阶未尝真有，君不过是借了小凹给的幻象做方便，方才下来。可知相未破，犹愚也！"余回头望时，陡峭之壁依然，大惭。

第三辑
书画留韵

羲之爱鹅

羲之爱鹅，是古代人物画里经常出现的一个题材。陈洪绶、任伯年都有经典作品传世。但没有一个作品对该题材有过深入剖析，倒是我今日读了《墨庄漫录》，方大悟一代书圣王羲之为什么喜欢看鹅了。原来王羲之在凝视鹅的时候，看到的不是作为动物的鹅，而是潜藏在大自然中的生动的美学规律：鹅的脖颈伸缩转动，如毛笔逶迤旋动，又如造化天然的落墨技巧，几无造作痕迹。他眼中的鹅，已被抽象为书法符号，行云流水的游弋，时如横折婉转又内含柔韧，时如顿笔起伏却轻盈适度。在长期对鹅的体态行动的细腻观察中，王羲之从这种现象中找到了提炼自己艺术语言的新方法，与他从各路名家那里学到的概念化的字体结构和笔法渐渐融为一体，所以，他的字才真正冲出时代局限，达到笔参万象的境界，成为开宗立派的大家。

米芾拜石

画过多次《米芾拜石》,也见过不少类似题材的作品,对米芾拜石,大多数人是这样解释的:米芾爱石成癖,路上遇到形状奇特的大石头就要下马跪拜。所以画米芾拜石的作品,往往会画一巨石和一作揖老翁。

事实上,米芾拜石,缘于他当地方官的时候,有个搜刮民脂民膏的贪官上司,百姓们憎恨他,米芾也瞧不起他,但又不能违背朝廷规定的叩拜上级的礼制,所以就想出这么个主意:在向这个官员叩拜的时候,米芾让书童在自己面前摆上奇石,并在叩拜时悄悄默念着:我拜的是清白高古的石头,不是你这个贪腐无耻的"面老鼠"。表面上虽叩拜了贪官,实则保全了他心中的文人风骨。由此可知,米芾虽则爱石,但"拜石"的目的绝不仅仅是为了恭敬石头。当然,他拜的石头,应当属于案头赏玩的那种小巧玲珑的石头,古玩界也叫"山子"。

在宋人笔记中,类似的米芾轶事不胜枚举。米芾当官的时间不长,有一年他管辖的地方遭遇蝗灾,他和属下用了很多办法消灭驱散了蝗虫,不久邻县的知州给他写信,抱怨他把蝗虫都赶到自己辖区里了,米芾当即回信一封:既然你说我把蝗虫赶到你那边,那你再给我寄回来吧。这事成为当时文人一大笑谈。

米芾"巅",一方面是性情使然,一方面也来自他的家世背景,没有"靠山"撑腰,谁也不敢像他那样放胆玩"巅"。米芾的母亲阎氏,为仁宗乳母,又因侍奉皇后有着自由出入宫禁的特权,这样的母亲,一定也是进退有度,智慧非凡的女人,虽然她的事迹没有记录,但可以想象米芾受到的教育一定大异于普通官宦人家的孩子。常在宫中奔走的母亲,必定不能经常陪在儿子身边,米芾的母亲和今天的职场女强人颇为相像。所以米芾得以做官,不是通过千辛万苦的科考,而是因母亲的贡献得到"荫补",这样一来,他对官位的留恋之心自然也更淡了。况且,"功名"的真实意义,或许早已被母亲在无意间泄露给了慧根独具的米芾,才使得他能这样豁达地放下。两千多年间书法史上出现的名家巨手们,没有一个像米芾这样活得通透自在的,所以他的书法自然有着一种官场之外的超逸之美,这种美,为历代君王们赞赏不已,也许是因为,他离奴性最远,离率性最近。

宋人也"呵呵"

网络时代的流行语"呵呵",首创人当是宋代文豪苏轼。这个词,被范公偁(其高祖为范仲淹)所作的《过庭录》,记载在其祖父范正思的一段见闻故事里。原文录于下:"光禄(公偁祖父范正思)侍居相府,同晁以道往见东坡。顷有从官来,东坡揖坐书院中,出见。良久,光禄于坡书笈中,见一小策,写云:'武宗元中岳画壁,有类韩文《南海碑》,呵呵。'光禄与晁再三绎之,不晓。坡归。疑不已,晁辄发问,具告曲折,云:'不知何义?'坡笑曰:'此戏言耳。武宗元,真庙朝比部员外郎也,画手妙一时。中岳告成,召宗元图羽仪于壁,以名手十余人从行。既至,武独占东壁,遣群工居西,幕以帏帐。群工规模未定,武乃画一长脚幞头,执挝者在前。诸人愕然,且怪笑之,问曰:"比部以上命至,乃画此一人,何耶?"武曰:"非尔所知。"既而武画先毕,其间罗列森布,大小臣僚,下至厮役,贵贱形止,各当其分,几欲飞动。诸人始大服。《南海碑》首曰"海于天地间万物最钜",亦何意哉!其后运思施设,极尽奇怪,宗元之画是以似之'"。

范正思和晁以道,是当时非常重要的名门世家,自幼广闻博见,两人相约去拜访苏轼。当时正巧苏轼在书院中接待从官,很长时间都没回来,范、晁二人就在苏书房中翻看书笺，从中找到苏写的一个小纸条："武宗元中岳画壁，有类韩文《南海碑》，呵呵"。两个见多识广的老朋友颇为这句话纳闷：这武宗元和《南海碑》怎么能扯上关系，令东坡先生如此欢喜？讨论了半天，也没有弄出个头绪。苏轼这一个"呵呵"，显然不是我们今人往来应酬的庸常一笑，而是他在读到《南海碑》时，联想到画坛名手武宗元受命为中岳庙画壁画，从中领悟到无论画坛还是文坛，唯其中圣手，都懂得如何在浩茫无边中找到别人找不到的下手点，从而提纲挈领，笔笔生发，完成一副恢弘大气的巨作。找到超凡入圣的契合点，对文学艺术创作来说其实是件非常困难的事。所以，当众画匠面对中岳庙高大的墙壁感到无从下手时，唯独武宗元能够从容淡定的从一个人物画起，进而布置东西连贯的巨大画面，而这个先画出来的人物，如同韩愈在写碑文时所说的，天地之大，唯有大海才可以称得上为之钩沉深度、丈量纬度的"钜"，而武宗元和韩愈，及苏轼本人，都是这个文艺天地中的"钜"，甚至历史长河中的"钜"，可以说苏轼这一"呵呵"，颇有几分兼有领悟与自得的骄傲呢！

　　再说《南海碑》，全称应为《南海神庙碑》，其写作背景也堪称传奇。因为《过庭录》的缘故，我又将《韩愈文集》重读一遍，发现韩愈写此碑文的时候，正为袁州刺史。当时袁州属潮州管辖，潮州为岭南节度管辖，岭南节度使孔戣为当朝广州刺史兼御史大夫，是韩愈上级。他为人刚正清廉，除了领皇家的俸禄，绝不从民间敛财。唐朝时贵北贱南，奴婢贸易十分普遍，所以当时京师有买南人作奴婢的风气，而孔戣上任后，坚决地拒绝了京师贵族们托请他买奴婢的要求，而且发布通告，禁绝买卖女性人口，保护了那些因人口买卖而妻离子散的贫穷百姓。孔戣的政策，韩愈深为之钦服。孔戣祭祀南海，每每不畏风雨泛舟巨浪之间的精神也让韩愈击节赞赏，两人诗文往来，私交颇好。所以当孔戣申请重新恢复上古祭祀南海的宗庙仪式得到批准后，自然首先要请韩愈为这个高规格的南海神庙碑撰文了。

韩愈的特长是写气势雄浑的大块头文章，他在碑文中将南海比作天地之钜，众河流湖泊之上的水神至尊——祝融。文中写了重新祭祀的用意，祈求国泰民安，也以威慑的语气写了人们以往对大海的怖畏，是因为"不习海事"。这篇文章，不像后世所写的碑文那样堆砌词语，而更像一篇写给海神的诰书，有礼有节。难怪苏轼在再次为高丽乞立海神庙的奏折中写道："退之仙人也，游戏于斯文。谈笑出伟奇，鼓舞南海神。"苏轼称韩愈为仙人，一点都不为过。而当初正在以澎湃激情撰写《南海神庙碑》的韩愈，其实已经被朝廷升任为"朝散大夫、守国子祭酒"，但因路途遥远，立碑之日任命书还没到，所以仍以袁州刺史之名刻在碑上。

游与艺

孔子讲的"游于艺",经常被拿到美术界说事儿,我却觉得应该谈谈旅游和艺术的关系,不过,这里首先要澄清,古人的那种"游",应该是繁体字里面带有"走"字底的那个"遊"字,才是"游"的本质。因为那时候的人们,的确是靠步行、骑马等方式出行的。而且那种"游",基本上是附带在赶考、求学和异地为官的不得已的旅程上的,能够按自己的意愿纯属游玩的到处去旅行的人几乎没有。和今天为了逃避城市生活出去旅游的人们不同,古人即使住在长安、汴梁这样的世界级大都市里,也不需要到千里之外去开阔眼界增长见识,因为那时候不只是简陋的交通工具让旅程变得艰辛,更重要的是,北上草原有狄、戎,南下两广为流放之地,多湿病瘟疫,此外大多数地方连年政权不稳,搞不好跑错阵营被充军当了奴隶也不一定,所以谁也没心情去外面游玩,于是几千年间,就只出了徐霞客这么一个职业旅行家,更多的人只能守着眼皮子底下那点不越过地平线的风景聊慰平生。所以我们现在看到的古画,基本上也就遵循了这样一个规律:某朝某代开宗立派的那几位大画家创立了独特的风格之后,百余年间因为后人的因循守旧而日渐僵化,然后新晋的大家又是在"师造化"的基础上确立了新风格,而他们的后辈又没能逃过前朝相似的没落。

这些开宗立派的人，基本上都是有机会去稍微远点的地方游山玩水的，所以他们在作画的时候，才能够笔生万象，得到自然山川的玄机。而那些没有机会出去的，当然也不一定都画不出来好东西，可是毕竟所见有限，变出一种风格是可以的，造化神奇恐怕就谈不上了。比如元代绘画高手倪瓒，基本也没离开过他那一带的平湖阡陌，但是他画出来一种新的味道，这种味道脱离了前代以表现山水四时晦明为宗旨的风尚，这就是倪瓒的巧妙之处。遭受过蒙古铁骑蹂躏的痛苦记忆，让他没可能怀着北宋的范宽和郭熙那样的心情，用澎湃的激情描绘美好河山的种种细节，也不属于以炫耀精妙的技巧来布置他的残山剩水，所以，他的画就保持着他心灰意冷的懒散心态，用枯笔扫出一个个只有横竖结构的小世界，这些小世界里像住着一个有洁癖的清教徒，干干脆脆的把所有不是枯木、竹子和石头的东西都扔出去，就连树叶子和水纹都嫌多，恨不能打扫得一尘不染。

不知道有"洁癖"的倪瓒看到王蒙的"牛毛皴"当作何感想，但是王蒙的画里就流露出他到处游山玩水的痕迹，那种优越感让他忍不住想以一种不厌其烦的口吻诉说出来，于是就有了以繁密厚实著称的经典作品《青汴隐居图》。当然和黄公望比起来，王蒙游得还是不够远。所以黄公望一激动，把他去过的富春江畔画了出来——这个有几分真实又有几分臆造的长卷，是黄公望得意忘形时的作品，所以他的笔法皴法都飞扬在纸面上，彻底迷住了观众而让人忘记了欣赏景色。黄公望没有像他的恩师赵孟頫那样陷入对唐宋真迹的迷恋，他仿佛更加迷恋自己笔下的线条，所以他也就画出了一个不像"旅游手册"那样的作品。实际上他又何尝没有陷入过对李成那宏大山水的仰慕中呢，但是一到了富春江畔，他茅塞顿开，这里启迪了他那些跃跃欲试的创造力，使他能够展现自己富有个性的一面。从这个意义上说，游玩，有时候是能够启发一种新的艺术图式的，而黄公望并不是第一个。

现存最早的绢本设色山水画，是隋代的《游春图》。展子虔那个时代，要画好这样一幅画是相当困难的。山水画一直是用来装饰王宫墙壁的巨幅壁画，而要画在绢上，达到咫尺千里的效果，则需要探索一种新的绘画方式，所以这副画和后来北宋的殿堂级巅峰作品《千里江山图》在技术上还是有很大差距的。当初展子虔画这个他所不熟悉的地方时，把本该是嵯峨山野的景色画成了后花园里的高大石笋，装饰意味更胜于艺术意境。到了北宋，由徽宗亲自挂帅的画院，开始正儿八经地研究旅游地图和生物解剖学了，科学严谨的态度前无古人后无来者。这时候，未满二十的王希孟和皇帝出去游玩了一趟，这种机会可是千载难逢，陪皇帝出去游玩，不但安全有保障而且吃喝不愁，理由正当，加上王希孟十七岁就当了画院待诏，所以回京后殚精竭虑，点灯熬油的把旅途中所见的景色巨细无遗地画了下来。这幅作品，受到徽宗极大的褒奖，但也耗尽了王希孟的心血，没多久他就去世了。如果旅游机会是皇家赐给你的，那么这件美差就变得万分沉重了，《千里江山图》是古代中国最精彩的山水画长卷，想想看在那个时代没有机会出游的人，真恨不得搬到这春和景明的画图里去住了。

古人论山水画，有可居、可游、可观三种。其中可居，要风景美而符合堪舆学，住在里面家宅兴旺；可游，则是能循着路径翻山越岭，过桥观瀑，闲坐聊天；可观呢，必须高山仰止，是那种你只能赞叹但是望而生畏既爬不上去也没可能居住的地方。所以，能住的地方不要深山老林，最好是防潮防塌，在有山有水又踏实的地方盖豪华的大厦，这就产生了界画；而能游的地方，景色越奇越好，路要窄，山要幽，小溪流水是必须的，这就产生了"卧游"的手卷；可观的地方，是王道所在，竖幅画面最能表现巍峨气势，挂在堂屋中间，两边配上对联，堂堂正气，所以有了中堂这种庙堂之作的体裁。

山水画，是古人用眼睛旅游的载体，而旅行笔记，是古人用文字旅游的载体。写旅行笔记多的，基本上都是些仕途坎坷的人。比如苏东坡，他写的游记特别多，书法上，还有著名的《黄州寒食帖》等等，都是在被贬谪或迁任异地时所作的。这些游记，对没有机会出去旅行的画家们来说，是极其珍贵的素材，他们结合自己的所见，古代真迹的描绘，发挥想象，把许多游记里描写的内容画在纸绢上,让人误以为真实的山水秀色就是那番模样。所以今天,当我们到了他们笔下所描绘的那些名山胜水时,多少都会有几分失望,原来传说中的美景不过如此是这个样子。

即使如黄山、华山这些古代艺术家们写生最多的地方,你依然找不到那一山一石的原型。你去看莲花峰,石涛画一个样,梅清画一个样,渐江画又是一个样,但是那些画真的很有味道很有个性,今天的画家也试图再画出一个样儿来,可总也不及他们的精彩。为什么呢?我想,也许是我们"游"得太多了,我们脑海里的关于"游"的图像资料太丰富了,那种引发联想的创造力和激情就容易被削弱,而且,我们脑海里的"艺"也太多了,这个朝代的风格那个画家的面貌填得满满当当,提起笔来就是古人的程式,不用吧好像是"野路子",用吧又发挥不出来自己的语言,左右这么一犹豫,灵感就跑掉了。

画家变成一个职业以后,旅游就变成"采风"了,虽然大家还是会经常到山里去写生,找模特坐在那里写生,可是这种"游"产生的作品越来越难以和高度发达的数码摄影抗衡了。所以打破"艺"的死局,就成了当务之急,孔子所说的"游于艺",让艺术陶冶身心,让身心自由自在的境界离我们反而越来越远了。

体验匠心

临古，曾经是我在大学时代最不喜欢的课程。那时候整个画坛都追新求异，我又属思维活跃坐不住的类型，天天照着画册上的古画描摹，分外枯燥。三年的临摹课下来，各朝各代的名家名作也算混了个脸熟，虽然留下了一卷看起来有模有样的画作，但整个临习的过程却没滋没味。强烈的创作欲望，总是令我沉醉于用水墨画现实主义题材的人物画，特别是参加展览比较密集的那几年，我完全忘记了所谓的"传统"，因为传统的笔墨和造型，在以参展为导向的创作中几乎是无用的。

岁月是条河，只有耐心地等它沉淀，你才能慢慢发现金子。艺术家要取得成就，不能只是一味地向主流妥协，一旦拥有可以让自我成长的机会，就应该努力地去实现你最想要的梦想。要画这样的画，必须像运斤成风的石匠一样从容淡定，像细心琢磨的玉工一样一丝不苟，像卖油翁一样准确流畅，像捕蛇者一样大胆谨慎。

这些年，我有机会在各个博物馆饱览名画遗珍，最大的感受就是感动——为古人的匠心所感动。

我深信，一个优秀的画家，不是手舞足蹈任意使气，不是邋邋遢遢迷迷糊糊，至少从本性上如此所以的人，是不配以画家之名自居的。对于一个敬业的人而言，不管他从事什么工作，都会对这份工作怀有恭谨之心，而从事艺术创作，还应怀有信仰崇敬之情。我们知道古代的匠人，都是非常尊敬他们的工作的，所以我们现在能在博物馆和许多私人收藏家那里看到这么多传世珍宝，这些珍宝在它们的那个时代可能只是一个普通物件，不是为了参加展览获奖而做的，也不是为了卖昂贵的价钱而做的，之所以做得如此完美，是因为制作者有一颗恭谨谦卑的心。那种追求完美的敬业精神是不能用任何钱财买到的，你若用钱财买，制作者可能会屈从于买家的要求，你若以权势相逼，那会产生敷衍应付之作。

古代的匠人，与使用这些宝玉瓷器的显贵，其实并没有我们今天所想象的那种单纯的买卖或从属关系，他们遵循远古天道与王道和谐共融的思想，并在日常生活中实践着这种思想，而这就是古典精神。古代的仕宦家庭，在绵延数代人的贵族教育中，已经深深地受到古典审美趣味的熏陶，他们了解并懂得欣赏既有的程式法则，艺术趣味普遍趋同。另一方面，一个匠人，从选拔培训到合格，往往需要十几年的漫长时光，从基本规范和技术学习的学徒到各个门类的能手专家，经过严格的考验才能出师。这种需求者和供给者的培养方式，更准确点说，是养成方式，使每一件生活用品和高级欣赏品都有足够的时间从容地产生，都能够在宁静而精心的状态下被制作出来。

比如瓷器，只是线条的弧度稍微有一点变化，就能产生新的品类，烧制的温度略有高下，釉色也会发生新的变化，而文人们为这些仅仅产生一点微妙变化的器皿，又煞费苦心地取了些美妙的名字，使文学的美感和器物的美感融为一体。古人对器物美的细节的敏感，是非常幽微深邃的，这种同质的细腻，使得匠人中间能够不断出现优秀出色的大腕，从而创造出绝世佳作。虽然古代的帝王有时也会坑杀最好的工匠，但是对这些工匠们而言，那个命如草芥的时代，又因为缓慢和经得起等待，容许他们以完全投入的兢兢业业去创造完美的艺术品。他们也许仅能靠这收入菲薄的工作勉强糊口，却不惜一切物力心力，反复锤炼作品中的细节。在与作品物我两忘的神交中，时光凝注，幽思绵长，最终完成的时刻如一场盛大的演出悄然呈现在这惨淡经营的寂寞之中。若干年后，无论谁得到这件器物，都依然能从中感受到那份真挚恳切的良苦用心。这就是匠心，最值得敬畏的艺术家的心态。所以古人品评字画，经常会用到"匠心独运"这个词，就是指画家用手艺人般的质朴而真挚的情感投入创作，同时又能对已有程式法则加以变化和发挥，创造出新的面貌。

不过，"匠心独运"的前提是要具备熟稔而深厚的功底，否则没有这个基础的"独运"，就成了涂鸦。今天，当我看到古画时，已经不能浅止于观赏，非心追手摹不能释怀。在拟古的过程中，我能感觉儿时画画的单纯与宁静，专注与沉着。静静地描摹，慢慢地勾染，我觉得自己更像是一个手艺人，在全神贯注中享受时光一寸寸倾斜，心境一丝丝澄澈，那种人与画的交融，物我两忘的自在，能够滋养你的身心。所以中国画是养人的，而非恣意抒情的西画那样易损耗身心。能坐下来体验匠心，一种幸福，也一种超脱。

漫谈扇画

每年夏天,我都会画几把扇子。想到第一次画扇子还颇闹了点笑话。有一年,朋友来电邀我参加一个扇面展,还寄了一大堆白扇纸来。面对这一叠搓板般坎坷不平的白扇,我竟不知该如何下手。北方画家很少有画扇的习惯,而且以前读大学时也没有接触过,特别是这种裱糊好的成扇,一棱一棱地折过,试过各种办法都无法使其平服,最后笨手笨脚的我,就这样在沟沟坎坎之上艰难地画了起来,从中挑了十幅还算勉强的寄走了。到了开展之日,看到那水乡江南小庭院里展出的作品,我真惭愧得恨不能找个地缝钻进去。而且也是在那时,才知道画扇面是有专门的工具的,若无工具,至少也应用熨斗之类的东西热压烫平,才可随意舒展地去画。

自那以后,暑日里画扇渐成了我不可缺少的一个习惯,一年年画,一年年从手里溜走的扇子,慢慢让我开始找到画扇面的一些方法。其实,扇面的构图是非常考究的。扇面大致分为折扇和团扇两种。团扇有圆形的,也有各种异形的,大多数不会装成扇子,而是仅供欣赏。因与斗方画幅近似,构图也略好把握。另一种是折扇,有单纯装饰的,也有用于折叠扇的。难的是后者,已裱糊并折好,画完可以直接装到扇骨上。这种形状的

画面，构图的难点在于半圆形而中有凹口的几何形状，将方正画面的空间变成了有曲度的狭小空间，落墨前需考虑如何才能使有限空间得到更广的延伸，如何布局才不显得局促，在此基础上，方可施展平素积累的笔墨功夫。

扇面纸有熟纸和生纸之分，但为了方便两面书画使用，多数成扇纸都是用熟矾宣制成。一把由几代人手中流传下来的扇子，往往传递了许多信息。比如，过去文人画扇主要目的是为了赠送亲朋好友，所以扇子的题款上往往也有某某人雅属、赏玩等字样，而被赠与者也常常会在上面题跋。在扇子流传过程中，后来的藏家或书家在扇子背面题款助兴者屡见不鲜。讲究点的人家，会为扇画换上沉香、湘妃竹之类优雅高贵的扇骨，再请苏杭名家镌刻，则更是价值连城，精巧可爱。这些凝结许多人情谊和操养的扇子，不盈一尺，拿在手上，开而见风雅，合而可润手，岂不妙哉！

扇画之内容，多取传统题材，花鸟较多，山水不易，而人物尤其难工。一般来说，大写意花鸟布置扇面如手卷横铺，比较自如，结合书法，可繁可疏。山水需咫尺千里，要在细微处做文章，穷其不可及，利用折扇的弧度制造蜿蜒绵远或跳荡翻空的画境，是对画家经营位置的巨大考验。而人物扇画，则多分两类：仕女题材和儒释道题材。有些仕女画采用半身构图，使观扇之人犹如透过粉墙扇窗窥见美人。还有的则是人小景大的构图，仿佛远观遥望。无论哪种形式，重要的不是刻画细腻，而是传神。往往半身者重在人物自身的神情态度，而全身者则重在借景传情。同时，全身人物也体现了画家在山水方面的综合修养。仕女题材要画得不俗，非常难得，近代较好的有陈少梅、王叔晖，笔法细腻而不失意境幽深。傅抱石的扇画仕女，骨骼清奇，风流潇洒，是继承了传统而独有创新的一种。儒道释之属，在人物扇画中占了大半，如果说仕女扇画更多的迎合了市民阶层的审美趣味，那么文人题材则完全以自由的探索心态展现在扇面上。此类佳作，不胜枚举，题材也丰富多样。同样的红衣罗汉，同样坐在青山绿水菩提树下，任伯年、齐白石、苏洽、诸多名家一一画过，每个人都用自己的艺术语言重新建构了相同的题材，显示了完全不同的风采！另外还有画鬼怪走兽的，见过一款张善孖画有云中飞龙的扇子，气象磅礴，则另有一种小中见大的巧妙。

扇面虽然是小品，但若细细道来，诚可以做大块文章。中国画并不崇尚用大尺幅画大创作，特别从笔墨精神上而言，大制作有违中国传统艺术的"玩味"性质。所以往往贵在以小见大。傅抱石先生曾说过：要把小画当作大画画，大画当作小画画。这句话虽然简单，但奥义无穷。人们往往以为创作大画重在把握好复杂的画面结构、完善的细节描绘，其实不然，许多擅长画"小画"的名家，大多在巨制面前失手，何故？大画的结构越复杂，越容易肢解人们的视觉感受，同时，也容易分散画家对作品的专注力，精力都集中到结构和细节上去了，大画的优势自然全无。所以画大画，应当以画小画的轻松心态面对，处理得简洁整体，不求全责备，才是至理。相反，小画当作大画来画，是要在方寸之间锻炼画家结构布局的能力，试想，小小一扇在手，简洁者看的是潇洒老到的笔墨素养，繁复者看的是巧夺天工的活色生香，若是这些个基本功都练就了，那么作一个画家就能达到无论大画小画都游刃有余的境界了。

艺术家之死

去冬今春,艺术家离世的噩耗前所未有地密集。所有我们认识不认识的,听说过或间接接触过的人,都因为微信圈的传播变成了切在身边的事。那段时间,惺惺相惜的问候成了大家共同的话题:活着就好,活得越久越值得,早早死掉太不划算。齐白石衰年变法,八十岁娶年轻的老婆;张大千一生众多美女相伴,年近九十还风流依旧。这两位画坛大师的私生活,成了艺术圈的美谈,让不少从艺者艳羡不已。然而这两位大师所生活的年代,远远不能和今日中国相比。当年的他们,不仅要在时局动荡、交通不便的恶劣环境下奔走谋生,还要潜心艺术创作,宣传推销自己的作品。就算有那么点风流韵事,和洪水滔滔的时代逆境相比,实在只能算聊慰平生而已。但他们那一代人,中年折寿者极少,长寿者偏偏居多。

我们这个时代的艺术家,生存环境远比他们要好,却极少能享有前辈大师那样的高寿,心境,恐怕是最大因素。今天的画家书法家,不能说遍地都是,但也算个门槛不高的行业。不管是接受正规学院教育,还是到各类艺术机构深造,学习的机会比过去完全靠家学积累和拜师求艺要多多了。深造的机会多,选择的余地大,这些没有促成大师的产生,而是导致了一个泛精英化时代的来临。

泛精英,就是看起来精英多了,实际上都被贬值了。一个和平安宁的社会,不会给艺术家带来外力的冲击和震荡,却以一种完全不同的方式将他们困在对自身、对未来的焦虑中。那些中年离世的画家,不论是被哪种疾病耗尽生命,都不能说和这种焦虑无关。而刘晓潮,还没有等到疾病来打倒他,就匆忙地从窗口跳下了。

20世纪六七十年代出生的人,都知道什么是生命不能承受之重,所以,一本《生命不能承受之轻》一下打动了被我们忽略了的细节,而那点细节,其实是承受整个生命之重最后的一根稻草。人生往往是这样,当我们旁观别人的悲欢离合的时候,总是能置之度外的对当事人评头论足,但自己深陷其中时,却往往无法分清轻重。我的大学时代,就是在那种不知孰轻孰重的状态下度过的。

那时候美院收的学生极少,一个班五六个人,整个学院的老师比学生还多,所以宿舍楼住不满,隔出一半给青年教师住,中间用铁栅栏锁上。为了方便熬夜画插图,我又向宿舍管理员租了一个单间,这个单间紧靠栅栏,而刘晓潮就住在我的隔壁。他是教育系的留校教师,我是大一新生,都是爱晚睡的夜猫子,自然就混熟了。起初我们经常隔着栅栏互相借东西，后来他便邀请我去他的宿舍玩。那时候的消遣实在简单，无非是在他那里看看幻灯片，翻翻书聊聊天。有时候，我们会骑着自行车出去兜风，或者坐在学校的露天冷饮桌旁聊到宿舍关门前最后一刻。虽然他是教师，可我们都像哥儿们般相处，我也从不叫他老师，只喊晓潮。

按今天流行的说法，晓潮是个标准的"屌丝"。家在农村，没有背景。无钱，无房。只有对艺术的热情和空想。怀着满腔无处安放的激情，做着各种突破常规绘画模式的实验。中间有一度，我搬离宿舍楼，他到美院在法国的画室短暂深造，那时候大家都各忙各的，不再漫无边际的闲聊。不过，每当他开始新的恋情，或分手后为之苦恼时，都会找我倾诉。那个时候，我深觉他无论在艺术创作，还是恋爱问题方面都十分盲目。这种盲目，导致他每个新的开始都没有方向，收场时也留下了无尽的迷茫。那时候，实验水墨还没有被内地接受，而他搞出的一些作品却非常独特，如果坚持下来会很有前途。可遗憾的是，仅仅有我这个"哥儿们"的支持，远远不能给他脆弱的自信添砖加瓦。不久，他就在众多"权威"的否定下放弃了这个系列的创作。自那以后，他的绘画作品就纠结于材料、造型和既有对新思想的渴望又有对保守思想的妥协所带来的矛盾，更加雪上加霜的是，他天天搞的这些东西，不可能给他那些对艺术不感兴趣的女友带来物质保障。我不知道在我们毕业之后的那几年,小潮是否一直都徘徊在这种怪圈里,但在我所了解的那些时光里,他那种敲不烂摔不碎的皮实劲儿,真的和这个残酷的结局无法对接起来。

晓潮就这么走了,直到他自杀后两年,我才知道。站在那座熟悉的宿舍楼下,仰望他曾纵身跃下的窗口,我喉中如堵重铅。小潮走的地方,他曾经不分白昼黑夜彷徨的地方,就这样被人遗忘,他的作品不会出现在各种媒体上,不会有全国各地的粉丝自发纪念,甚至除了我记得,可能也不再有人记得他曾经有过的人生。这个年代,连为救素不相识者而付出的牺牲都不再受到敬仰,为艺术的殉道就更加不会受人关注。但晓潮的死,在我眼中却比顾城的死更值得纪念,如果一个以爱的名义杀死妻子并自杀的诗人都值得人们悼念的话,晓潮更有资格不被人们遗忘。

其实作为艺术家的我们,真正的内心挣扎和痛苦不比晓潮少,只是我们都有理性把自己在艺术创作中带来的负面产物和个人生活分离开来,随着一个多元时代的到来,我们必须学会平衡外界和自我,让内在的独立永远强大,一半为了别人的海水,另一半为了自己的火焰。

暮野葵风

酷热、焦灼和绝望一浪接一浪打来，让徘徊在低谷中的我，一次又一次地被挫败。无处突破，只能在方寸间驰游山水，一点点，把心绪捋平。闲树野陂，掬之倒也清浅可爱，把玩寸扇，本是出于寻觅不得的小憩。聊续三山两水，仿佛古人，都不如畅意挥洒胸中浩阔的旷野，却因难以下笔而湮没于浑浑溟漫之中。

让纸说话，让纸呼吸，我喜欢宁静中的独处，喜欢在被春风无心播种的大地上劳作。每一张纸都像一块土地，你不知道风会带来怎样的奇迹。路过，既是结缘。纸、笔和墨的无间期遇，会迸发电光火石的灵感，这一刻，需要耐心的等待。

七月流火的正午，画室里依旧废纸成堆。我将一筒长卷拆开，随意截取了一段。洁白的宣纸，是我少年时代就一见钟情的至爱。无论环境如何有限，只要铺开纸，这月色般的莹澈，都会在我心里漾起波澜。水做的纸，水调的色，水洇化墨……水一般的滋润和清冽，有着任何材质无法替代的美。不是每张纸都能变成作品，但失败过后，下一张纸还会带来新的希望。眼前的半匹生宣，又一次让我为之振奋，无意间裁出的长度，刚好从天花板垂到地面。炎炎酷暑，黑色绒毡画墙上的白纸，仿佛似雪的瀑布从屋顶泻下，无数种可能在这白色中酝酿、幻变，未知的画面总是潜藏在汪洋萌圻之后，每一次冒险之旅的开始，即意味着失败，也意味着惊喜。

一个迷离的堂奥，就在这偶然的触发中徐徐开启。

没有预构甚至简单的勾勒，一支秃了锋芒的大石獾，纵身跳上我的指尖，纵横捭阖，激越起舞。云铺千里如阵，玲珑花钿逶迤，在翻转扭挫的行笔中，石獾驭使着我，我也任由它信步。醉翁拈花，挑灯看剑，待阑珊意兴稍罢，满纸涂鸦已然过半。

添一碗茶，静静远观，落墨处有险笔惊心，也有逸笔奇宕。想起过去文人给毛笔封的邑号"管城"，真是传神。在这个奇妙的领地，你必须听命于"管城君"的号令，方能如有神助。唐代书法家孙过庭在《书谱》中谈到此种境界，称之为五合："若神怡务闲，一合也；感惠徇知，二合也；时和气润，三合也；纸墨相发，四合也；偶然欲书，五合也。"运笔遣墨的若干时机恰恰得宜，调畅和煦的自如发挥，便手到擒来。

纸墨相发，心手相称的瞬间，不再显化为世俗的人物，那是我能用眼睛抚摸的面孔，与我同时隐迹在向日葵的森林之中。不知是特殊的盲点让我误入了时光之门，还是这个突然出现的风景早已在那里等待，看着眼前的葵林，似曾相识的感觉油然而生。这茂郁幽深的情境，宛如前世有约，萧索却不低靡的葵林，是海市蜃楼所映现的那个彼岸。岸近了，有人伸手来挽我，两相凝视，泯然一笑：绕了那么远找你，原来你在此处。

寻你，从五年以前开始。那时的我，已对都市生活和现实题材日渐厌倦。把几个面目呆滞的人，或一段约定俗成的情节搬到画纸上，远不能满足我对作品的期望。我不愿通过造作的画面，来表白自己对时代的认知，更不愿将时间消耗在对瞬间影像的描摹上。我所渴望的创作，是能让笔墨纵横驰骋，是能用书写触摸心灵。我要的不是装饰，也不是讨巧的雕琢，我渴望的是富有性灵深度的作品。这个深度，不再是虚无个体的偶然成象，而是生命群体的通达实相。为了找到这种理想的画面，我努力的搜寻最契合的喻体：胡杨、荆棘、红柳……但都难免牵强。荒野、砾漠、枯骨，虽能突显生命的短暂和无常，却不肯服从笔墨的调遣。为主题而寻找语言，使我陷入深深的被动，而在被动中逆行，也渐渐打磨出真正属于我的语言。

伴我多年的石獾，一路坎坎坷坷的走来，终于在这一天，引我重返童话。笔落素纸，那个我梦寐以求的世界，豁然乍现。葵林森森，不在他乡，但却比他乡还要遥远：昆仑山脚，瀚漠之边，是远比丰饶的黄淮平原干旱酷烈的帕米尔高原，极度少雨的恶劣气候，让任何生命的存在都显得万分珍贵。

水源,是一切生命的起点,有水的地方,就有植物,就能形成绿洲。骆驼刺、红柳、沙棘、向日葵,就是绿洲的生命底线。在陆地上,没有什么东西的成长比这里更艰难。高原强烈的日照,让所有植物都黯然灰萎,唯有高大的向日葵林,显得精神灿烂,无比耀眼。挺拔的枝干坚如铁杵,金黄色的花盘昂扬一片,有种热烈和兴奋弥漫其间。甘凉的昆仑雪水,扬沙和狂风的侵逼,让它们更加结实壮硕。每到日落,葵盘低垂,冰凉的空气凝结在硬如铁刺的纤毛上。经历了日复一日的长昼的灼烤,又夜复一夜的酷寒的交替,沙漠温差的淬炼,抽绎了植物的脆弱,浇铸出坚韧的遒劲。

依稀记得,随母亲在沙漠工地中度过的那个夏天。每到日落,从戈壁回到绿洲,都要穿过密林般的葵园。那是绿洲的屏障,大片的葵花被种植在绿洲的边缘,是为了把风沙挡在葱茏的果园外。此时的葵花,耷拉着脑袋,仿佛被日光带走了激情。小小的我,对那一杆杆融入暮色的巨大葵花总有几分畏惧,黑漆漆的葵盘敛合低垂,像严肃的卫士,俯下头来盘问我的去处。

漂泊万里,再回到起点,为的不是现实之葵,而是葵的魂魄。它们不再被虚拟,也不是摆设,它们不必站成方阵,也不再随太阳升起的弧线而转动花盘。它们可以俯仰生姿,但依旧威严,可以随风飘展,但阳刚不昧。它们可以跨出贫瘠的土地跳舞,可以匍匐翻飞,可以举目四顾，可以茫然不屑。变成主角的葵，曾悄悄问我：为何不取消那些脸庞？我说，这份保留，是我性格中最优柔的七寸，请留在你的秘境中，帮我守护。

要给这片无际的葵花取个名字，同样令我困惑。它们条披横肆，不入园圃；困于绿洲，不能靡野。它们每一棵都有故事，又都没有注脚，它们在唱唯有我能听见的歌——我名之为"风"。《诗经》中，有十五国风，而我笔下的葵，也有百千首"风"：它们，是河西走廊的"花儿"，是俏皮热烈的"麦西来普"，是丝绸之路上的依稀梵音。这些葵，如同失去音符的诗词，因暗哑而孤独，亦因无声的沉寂，拥有静谧的力量。

写实水墨

写实，即以物象之现实状貌为目标，刻画出最接近视觉真实的图像。缘于图像的平面性质，绘画所能表现的对象，仅是一个镜像之中的二维空间。在没有摄影乃至全息技术的时代，这种二维幻象一直被视为艺术领域的专利。而影像科技的发达，令平面化图像的细节捕捉越发容易，无需仰赖手工技巧而能获得的逼真图像，取代了绘画在此领域的垄断地位，传统写实绘画的存在空间也因之受到挤压。写实的意义，从赋予特别内涵的再现性描绘，到偏执于炫技的概念性表达，已远离传统审美的轨道。"写实"，正在被泛图像化时代逼入绝境。

传移摹写，是谢赫在"六法"中提出的最基本的造型准则。传移，是对现实景象的细心观察，摹写，是将被观察乃至记忆的图像一丝不苟的描绘出来，能够描绘出接近真实的画面，需要经过数代人千锤百炼的技巧积累和改进，是绘画的最基本的"硬功"。这与今人"写实"观念相同，但却因中国画的独特体系，使其在一千五百年前就已建立在与西方绘画完全不同的根基上。中国画写实观与西方绘画写实观的根本差异在于中国画家是以抽离了三维空间和光线的二维视觉，来观察物象的。同时，再将此被扁平化的物象转换为笔墨形态，呈现在纸绢之上。与之相反的是，西方绘画一直在追求的是分析和研究视觉的三维空间如何被图像的二维画面所模拟，由于模拟性绘画和被模拟的真实本质上属于完全不同的两个空间，所以画家的首要任务是为了寻求两个空间在视觉上的同一性转化，即追求并发掘"物"性的图像细节而努力。通俗地说，中国人的扁平化视觉，使我们在审美方式上就有别于西方人。然而，图像的本质也是扁平化的，在扁平化图像上重建空间幻象，本身就是个悖论，这个悖论在影像科技成熟后才突显其最初的荒谬性。

写实的历程，是人类对瞬息万变的时间和空间进行图像保存的过程，在这个过程中，艺术家自觉不自觉的担当起技巧研究和传承的重任，使得图像保存的品质和能力不断获得提高。但是，人类的情感对图像的选择和渗透，也使得这一过程必然升华为精神性创造。单纯的对基于两种视觉体系而形成的东西方审美观念和文化形态进行孰优孰劣的评价是幼稚的，同样，写实性绘画在这两个体系中所探讨的问题也具有完全不同的属性。与追求"物"性细节的西方美学相反，东方思维中对"物"性和"我"性的并存、对立与融合的重视，使得中国画的写实探索更多专注于"象"，而非"物"。"象"是"物"的图形本质，掌握了"象"的规律，空间即失去了平面化的意义，但同时，一个新的多元空间也随之生成。这个奇妙的现象，突出的体现在中国书法上。

意象，由写实而来，最终脱离了写实的空间制约，成长为符号化的图像艺术。对西方当代美术思潮而言，越是远离图形图像的抽取和表达，越是容易深化其与绘画的具象性审美之间的鸿沟。但是在中国，符号化的图像并不是尽头，反而逆向的滋养着写实性的绘画，这如同八卦图中的阴阳轮转，此中有彼，彼中有此。所以，试图在中国画的体系中建构西方造型观的写实性绘画，或以中国画工具来表现西方审美视角的写实性图像，都必然面临难以弥合的裂隙和抵牾，更不可能同时获得两个审美体系的认可和接纳。相对于近现代中国画坛的一厢情愿，西方美术界几乎没有主动理解中国美术的意愿。遗憾的是，中国美术的古典传承，并未在由西方世界掌控的审美语境下得到应有的尊重，而中国画坛对于写实性绘画在文人画之前的辉煌成就，也未能给予足够的重视，抛弃了富有民族性和先验性的扁平化审美及与其相对应的独特而完整的艺术语言，写实始终游走在貌似"写实"却缺乏中国画神韵的尴尬边缘。

一般而言，工笔画被当做是接续"写实"重任的必然选择，但工笔画对线条造型的强调，事实上更加重了对画面空间关系的制约。早期基督教的神龛画，追求光色魅力的印象派绘画，都在力求摆脱线条以探索更为逼

真的模拟三维空间视觉的平面图像。当线条成为最狭窄的"面"被分解到素描这个预构的光线实验之中,其作为勾勒物象轮廓的主要手段即告破除。但是在古代中国的文化中,线条不是因绘画而出现,而是因道家思想的阴阳关系而确立在先的。文字的线条属性,也是从意象到抽象而后独立存在。同理,绘画中的线条,也来自这同一根性所派生的特质——图形轮廓不是画者和观者最重视的,相反,构成图形的线条的长短、疏密,甚至由此衍生的感官联想,如刚柔、曲直、厚薄等被当做品评的重点。欣赏线,而非欣赏轮廓,是中国绘画最本质的审美基因,同时也是大陆文明对宇宙内在关系的细腻体验所获得的较为高级的欣赏趣味。

如此而言,中国绘画里的线条,在承担描绘物象轮廓的功能的同时,自身要被反复强化和提升。与西方绘画中被光影所抛弃的线条不同,中国画的线条被要求以千变万化的状态来表达种种富有诗意的联想,如莼菜,如钉头鼠尾,如铁线等等。这与中国书法的生发于意象与具象之间的诗意联想有必然关系:"屋漏痕,锥划沙。"这些与书画完全没有关系的物理现象被主观臆想迁延至用笔的状态和线条的个性表达,从而使线与"象"建立起复杂而深奥的仿生学关系。由于书法理论的诞生远远早于美术理论,致使中国绘画的评价方式长期仰赖于书法理论所创造的美学范畴。而这个理论体系本身的特点在于,强调对抽象符号的主观性联想,但联想的内容却是连动性极强的具象画面,换言之,是静态的图形符号被动态的具象联想所阐释,而具象联想则具有鲜明的自然特征,如"千里阵云"、"悬崖勒马"等。以气势磅礴的自然万象解读一点一画,乃至三根五根的线条,这是中国古人对"我"在自然中的主观存在和"物"在"我"中的客观映照进行转化互换的智慧,其核心观念既是"天人合一"。

自然与人的你中有我,我中有你,是一种理想化的精神境界。但创造艺术的过程,必须经历对自然的深入了解,进而创造出能够描摹其特质的艺术语言。使"物"能拟人,而人能从此人格化的"物"中获得共鸣,找到自己的影子,艺术即成就了将现实物象整合为寄托人类情感的"作品"的旅程。游心物外,是中国古人对文学、书法及绘画创作所应持有的一种超然心态的推崇。艺术创作者的最高境界,不是模拟现实的技巧是否高超,而在于对真实世界的阐述是否切中了合乎大"道"的精义——不刻意于"物"的表象,又深达"物"最为广阔的审美外延,是以超越物质和空间局限的状态来表达自我为目标,更是以顺遂自然规律又能融入主观情感以借题发挥来实现的艺术上的升华。所以,传统的中国画,很难严苛的区分什么是写实,什么是写意。写实,某种程度上灌注了写意的精神;写意,又是对写实的提炼和萃取。同样，具象与意象，这两个从属于写实和写意的客体，即是面貌不同的异质图像，又兼容着彼此之间的特性而呈现出似有似无的深刻的内在关联，而联系并转换二者的语言，就是笔墨。

笔墨，看似为工具，实际是技巧。毛笔是操作工具，但因"唯笔软而奇怪生焉"的特性，使这种能散能聚，柔软而颇具韧性的工具在难以驾驭的同时又能变化万端，犹如气功之隔山打虎，用笔的力道如何传达到软性毛笔并流露于纸上，在于对指、腕、肘、肩，乃至全身力量的运用和多年练习养成的灵巧微妙的惯性。欣赏书画作品，更多地在于品评这种用笔的技巧和美感，而由此衍生的形容性描述把对艺术本身的评价分解为只有士人才能领会的玄谈，这种特征，也是导致中国书画的美学解读越发玄奥晦涩的原因所在。但同时，这种被玄虚化的评价，也有其完整的哲学思想作为依托，只是，要了解这些思想，必须经历漫长的学养熏陶。

笔墨如要达到写实所需传达的视觉效果，除了上述难关要过，还必须遵循技法的程式传承，在程式缓慢的进化中开辟个性和新意。从宏观看，笔墨在画面布局（包括书法的章法）上，起到铺陈大略和调整结构的作用，从微观看，笔墨又承担着节奏和韵律的变幻，种种复杂的关系需要借由笔锋的敧侧辗转和墨色的浓淡枯湿来表现，而这种语言本身就是意象的，所以传统意义上的中国画，无论多么写实，都不是用西方美学所熟悉的写实的技法来创造写实的画面，而是用意象的笔法来创造近乎写实的但实际上依然是与现实有一定距离的具象绘画。

艺术创作者，从观察对象到完成作品，前期的"胸有成竹"占据了大半心血，而真正落墨，达到"直抒胸臆"的境界，则是到了作品已酝酿成熟，不能再反复涂改和矫正的最后阶段。诚如西画将起稿、修饰、刻画的全部过程都进行在同一材料上，中国画却恰恰相反，在下笔之前只有腹稿和粉稿，而创作的前期几乎完全依靠丰富的经验和娴熟的内心经营来实现。所以，当画家看到真实的丘壑，并不是要照搬真实，而是将眼中之丘壑，化为胸中之丘壑，落墨之后，又衍化为笔下之丘壑。三者之间的转换，事实上是暗含了四个阶段的视觉嬗变：第一阶段，是现实之丘壑录入眼中，这是作者欣赏对象时触发的第一印象；第二阶段，是眼中丘壑的特征被扁平化为平面图像的过程，这个阶段，必须是经过训练的敏锐的目力才能捕捉的；第三个阶段，是将脑海中被预构的图像转化为笔墨语言。第四个阶段，是将此图像完全抽绎演化为一套完整的意象性笔墨图式。也只有这个阶段，才是艺术创作的关键阶段。西方绘画没有第二和第三阶段的将图像"胸臆"化的过程，所以技术是第一位的，而中国画，特别是写意画的创作，则是在复杂的视觉心理组织下，执以熟稔的笔墨技巧，赋予士人阶层的寄寓意义，在高度提炼下完成的。

由此可知，写实，并不能与"工笔"简单地画上等号，因为"工笔"仅仅是笔墨选择的一种形式罢了；而水墨，也并非"写意"的专利，因为水墨语言一样可以塑造所谓"写实"的画面。二者没有本质上的差异，只是在技巧和题材的结合上选择中国画形式语言的具体方式不同，而随之产生的视觉审美习惯不同而已。

第四辑
随水如流

闲话谈香

古代女子爱熏香，明代画家陈老莲就曾经画过斜倚熏笼熏香的柔软女子。香在中国古代文化中历史悠久，祭祀天地先祖时，香用来与神灵沟通；王公贵族在举行重大仪式时，必须以香薰衣物以示敬意。佛教从印度传入后，香又用来礼佛。随着越来越多的奇异香料来到中原，西域人喜爱为身体熏香的习俗也在民间流传开来。为衣物熏香，为发肤熏香，携带香囊出行，各种香草香料争奇斗艳。香料有从植物中提取的，如檀香。也有从动物身上提取的，如麝香。据说一滴麝香可以在衣物上留香五十年之久！但这种异香莫说是古代，即使今时今日也很难得，成熟的香水生产工艺，足可以满足人们日常用香的需要了。

过去非常讲究用香的中国人，如今使用的却是西方品牌的香水，有着古老香文化历史的民族，在这方面倒落伍了。顶级香水品牌多出在法国，与国民对身体气味语言的重视有关。在他们看来，留下独特的香气是展示女性魅力最重要的方式，或许可以不化妆，但绝不能没有属于自己的香气。所以法国的味道，就是咖啡和香水交融的旖旎。和法国女人不同，亚洲女性普遍更重视完美的妆容，而对香味并不在意，所以经常会有时髦靓丽的女郎走过，身上却飘着呛鼻的脂粉气，她们在意的是皱纹和雀斑,却不重视品味。一个人对自己气味的表述,往往与她的性格有关。百花中各种香气都有着不同的暗语,喜欢甜香的人性格开朗有几分自恋,喜欢幽香的人内秀含蓄不喜张扬。面对纷繁杂陈的香水,最中意的香味,一定包蕴着某种深藏心灵的渴望。

曾经在山里写生时,闻到过非常沁人心脾的香气,当地人说附近有蕙兰,及待走近,被识者指出时,才惊叹那蕙兰的细小和不起眼。多年后,每想起杜甫写的《空谷幽兰》,都未免惆怅,真的幽香确如相貌平凡却内心高贵的女人一般,需要懂她的人珍惜!花草香里,最极品的幽香是兰花,越是细小的香味越雅致。所以古人往往把兰花当做书斋必备的"清客",而且喜欢把和书斋有关的东西都加上"香"字作前缀,还喜欢把一切女人居住使用的东西也冠以"香"名,不管什么东西,一旦沾了香气,就仿佛透着娇艳的美感,让人浮想联翩。

种种大自然的香气,都可以通过精油等方式提炼出来,唯独人类特有的香气,是最扑朔迷离的。有部法国电影《香水》,讲述了一个这样的故事:有位嗅觉超级发达的调香师,发现只有用女人的体香才能调制出世界上最迷人的香水,他为此专门猎杀了许多有天然体香的女人,最后制成一种魔鬼香水。在即将被处决的当口,调香师打开这瓶香水,所有人立刻陶醉在香气的愉悦中,忘记了他的罪行,放走了这个杀人犯。电影中的主角有着非凡的鼻子,所以他所嗅到的体香,普通人也许根本闻不到。事实上每个人身上都有自己的气味,但是不是香气,恐怕和年龄、情绪有关。人毕竟不是动物,不需要靠辨别气味来了解对方,但是的确可以通过用香水、焚香的方式,来愉悦自己和他人。

对芳香植物的价值,中医的了解远胜于西方。虽然欧洲人懂得如何提炼香水来装点生活,却不知道几乎所有的花卉和香草都能入药,而且还具有神奇的疗效。两千多年前,我们的祖先就有了以芳香植物入药的理念,其中的许多经典组方,至今依然能解决令西医棘手的疑难杂症。但若是说到中医的芳香疗法,又是一门极深的学问,此文只能略写一点常识与读者分享。

芳和香,古代医学认为是两种类型的药用作物。芳,多为有着美而有香气的开花植物,以木本居多,比如芍药、丁香等。香,则指未必会开花的香草及树的根叶,比如荆芥、薄荷、艾叶。中医经常提到的芳香开窍,指的就是富有香气的植物的药理特性。当香气通过鼻子闻嗅达到脏腑,即起到令人身心舒畅的作用,如果再配合其他药材煎煮服用,其药性能发挥更强的互补功效。所以高明的医生,可以只用几味草药治愈沉疴。比如以红色和白色的芍药配合甘草,是经典的赤白芍药方,能治疗黄疸型肝炎;再比如艾叶,本身并不是花草,但因为香气辛辣,所以具备抗菌辟邪、温辛解表的药用价值。古人在端午节把艾叶插在门上,把用各种香料做成的香包戴在身上,可以祛病强身,而艾叶制作的艾条,可以通过艾灸治疗多种疾病。此外,中原地区夏季多生的荆芥,也是大地母亲赐给人类的天然良药,对淤血和咳喘都有奇效。所以古时没有条件看病的穷苦人,只要把这些房前屋后的野草和树叶抓上几把煮水喝,都能对付常见的病痛。被编成顺口溜和歌谣的民间验方,就这样在目不识丁的百姓中传承下来,仿佛古人和大自然的秘密契约,神奇而富有魔力。

能以香气治病的,不独汉地的中医,藏医在这方面也颇有研究。藏传佛教的寺庙,大多兼擅藏药研究,所以许多寺庙都有自己独特的调香配方。有的配方用珍稀藏药制作,工艺复杂,外人不易得到。由于用香关系到佛事活动的庄严,僧人们绝不会在制作时偷工减料。除了礼佛用香,还有针对心痹头痛等病症的药香,燃香闻味可以缓解症状,对高原反应也很有效。我到藏区的时候,会吃青稞面作的糌粑,喝酥油茶,点藏香,高原反应等不适随即消失,所以真切的体会到了入乡随俗的好处。每个地方都有当地物产造就的饮食方式和生活习惯,如果不能接受,非但失去了旅行的体验意义,更会深受身体与环境无法协调的困扰,疾病也更易乘虚而入。现代人类百万年的进化史,无非就是水土与身心的磨合过程,所以无论到哪里,我们都要学会努力放下陈见,感受当地的风物。

爱到八十岁

《霍乱时期的爱情》是在火车上读的。车厢里各种气味混杂，颇营造了些许书中的氛围。学生时代的读书激情，依稀犹在。

上一次读加西亚马·尔克斯的小说《百年孤独》时，我大约十七八岁。那个被构思在荒诞情节中，却又暗示着命运轮回的村落，像极了我所熟悉的故土，奇妙的巧合让我从此与魔幻主义结缘。文学的影响是如此深刻，乃至时过境迁才会发觉。若干年后，融入了象征意味的艺术语言使我的作品散发出天然的魔幻色彩，我才知道自己想表达的东西早就默默地等在那儿了。不过，在作者眼里，那本曾令我万分着迷的书，竟然是中文的盗版，为了这个，马尔克斯的又一部新作整整迟来了二十年。

无论什么样的书，都一定会有它天命中的读者和作者，无论相隔什么样的时代，什么样的地域，他们都是能够相知的。那些在不同时代不同地域中相知的人，有着共同的精神栖息之所——文字。你可以一意孤行的描写你的世界，但是不必怀疑这世上只有你住在那里，只要有人读到，他就可以和你拥有这同一个世界。这个世界，是我所知道的所谓现实世界之外最诱人的地方。在那里，你可以阅尽人间繁华，可以旁观，也可以随时离开，当你的心和那些文字发生共鸣的时候，你会觉得这个世界更加真切，生动。

对我来说，最有魅力的是与世隔绝却又活泛着黯淡希望的地方。而马尔克斯最擅长营造这样的故事背景。在自我轮回中消亡的村落，脱离于工业时代繁喧的孤岛古城，被时间遗忘被世界遗忘，却又以极具特色的衰败滋生着看似平淡却玄机无穷的人生的地域，被作者慵懒而随性的笔调书写出来，有着孤立而通透的特质。

霍乱，是欧洲工业文明曙光到来时的可怕魅影。成千上万的人死去，连教堂的墓地都被尸水浸成沼泽，那是一段黑暗岁月，也是贵族和暴发户交换舞台的时代。女主角就是这样一个暴发户的女儿，她经历了最平常的初恋和追求，嫁给没落贵族的医生丈夫，度过五十年富有而幸福的婚姻生活，直到他突然摔死。这五十多年里，另一个男人——女主角的初恋情人，单恋着她，却又同时在不断与各种女人发生关系，直到他在女主角丈夫去世后终于获得了一次和心上人旅行的机会，从而在垂暮之年得到了渴望一生的短暂欢爱。在这本书中，老光棍的猎艳几乎涵盖了一个男人所能遇见的各种爱情故事，难得的是，在他心里始终对初恋情人念念不忘。这种念念不忘，没有被写得轰轰烈烈，反而是丝丝缕缕的偶然，在五十多年里，他看见或听说她，想起或谈起她，都流露出浅浅的怅惘。绵延不绝的爱情，在作者的笔下比煽情小说的火热爱情更有质感，因为它更接近人类情感的本色。

爱情，在这个滥情的时代太容易了，情窦初开的爱是青春的必然，经历岁月的爱却往往会褪色成乏味。写爱情，最难的是后者。爱到八十岁，是一种沉淀之后的浪漫，也是最经得起苦难鞭打地执著。和无敌的青春比起来，八十岁的孤单老太，没有机会重新规划自己的人生，至少，没有资本重新享受以年轻貌美为前提的爱情。而男人的爱情却不需要青春作资本。这是没有失去华彩的年轻女人无法感受的。当大多数女人被时间打垮，被消磨得光彩尽失时，谁还敢奢望爱情？书中的女主角也是如此，她早已心灰意冷，虽然婚姻美满，也还是经历了丈夫出轨的伤害，即使一生衣食无忧，也依然天天过着相夫教子的忙碌生活，她曾经美丽无比，但终于逃不过光阴的蹂躏——窈窕和妙曼最后都变为臃肿迟缓。但是她没有想到，在那个五十年前和他传递情书的老光棍眼里，她还是光彩依旧。这种爱，超越了皮相肉色，深达灵魂，而这个可以被爱到八十岁的女人，才是全世界最幸福的女人。

书中最令人感动的，并不是男主角和女主角的爱情，而是每个人物，都以自己的情感方式生活着，有的肤浅，有的麻木，有的自私，还有的变态。老光棍的女人们，就是这些形形色色的爱的代表。她们和他之间的爱，有偷情有交易，但又流露出女人本性中的弱点。在作者的笔下，这些情感都被写出另外一层意味，即女人在爱情中的沉沦和绝望，总是伴随着对岁月的惶恐，和对男人歇斯底里的依赖。这让我想起问世之初即已惊世骇俗的《包法利夫人》，和《霍乱时期的爱情》相比，

倒更像一个标本写生，在爱情特别是偷情的众生相描写上，马尔克斯可谓登峰造极。偷情甚至滥情的男人，内心真的有专一之爱吗，这是绝大多数女人无论如何也接受不了的命题。但是当这份爱被时光拉长到五十年，似乎一切都可以被当做浮云了。

柳絮才媛伟丈夫
——曹雪芹伉俪"脂砚"

《红楼梦》连环画的发行,曾是我童年最期待的事,这些小画书,文字直白,画面细腻,深深地吸引了我,升入初中后,我就迫不及待地通读了原著。时光荏苒二十多年,直到看见《甲戌本脂评石头记》时,才知道过去所读的书并非真实的原著。"红楼梦"一名,来自于贾宝玉梦游太虚幻境时,警幻仙子让众仙姝所演的一个曲子的曲名。而《石头记》,才是这部名作问世之初勘定的正名。《石头记》不仅是曹雪芹的独创,更是他与恩爱伉俪"脂砚"共同的记忆,是他们二人才华交织,相互辉映的一部旷世绝唱。它首创了文评并茂的风格,是一部由曹雪芹写文,"脂砚"作评的双璧天成的奇书!

"脂砚"其人的真实身份,学界有几种推论,我以为堂兄弟及叔伯是不靠谱的,至少是极其缺乏文学情思的妄断。而另几种更扑朔迷离:有人从《旧雨晨星集》中记载之事,推测应为随父寓居南京的一位富家小姐,是曹雪芹续妻许芳卿。说她美貌善书画,死于曹雪芹之后;还有人推测为袭人的原型柳蕙兰,但柳蕙兰在曹雪芹之前离世,可能性几无;而著名红学研究家周汝昌先生认为是贾母史老太君原型李氏的胞弟的孙女李兰芳,她出身南京名门世家，和史湘云的身世几乎完全一样。倘若"脂砚"真的是湘云原型，试想她在经历了那由繁华到衰落的巨变，甚至被变卖又赎出，于潦倒之际与曹雪芹"遇合于燕市"，结为夫妻，一个曾经的豪门才女，却经历如许凄惨命运，还能纵横谈笑于纸笔云烟，绝非一般大家闺秀！

"脂砚斋"本是书房之名，在这里却成了写评语的作者的托名。而脂砚本是用来调朱墨的一方古砚，这方古砚原为明代江南名妓薛素素所有，后被曹雪芹先祖曹寅从古董商处购回珍藏，所以也有人推测使用脂砚作批的是其孙曹天佑。而薛素素的这方砚台，原为其旧相好王穉登所赠，后来素素嫁给了世家子弟沈德符，沈还曾在其著作《万历野获编》里写了王穉登与另一歌妓暮年交好的事，嘲讽情敌的老不正经。素素也是一代才女，能文善画，有作品传世。可惜后来还是和沈分道扬镳，多次再嫁而郁闷终老。这脂砚的来历已然是件风流故事，以之为此书撰写批语调朱，更堪称奇石评奇石了！

诚如在《石头记》中众仙子咄宝玉是浊物，宝玉自惭形秽时，"脂砚"的批语："奇笔摅奇文，作书者视女儿珍贵之至，不知今时女儿可知？余为作者痴心一哭！又为近之自弃自败之女儿一恨！"以女儿之名砚，为这幕宏大的儿女悲情作批，可见以脂砚为斋名，又以斋名为书名，含有多么用心的深意！在曹雪芹的时代，男女极不平等，但曹雪芹却用殷殷之情、拳拳之心，将女人奉作冰清玉洁的瑰宝，将男人比作污浊的泥土，这让在现实中受尽苦难的女子们多么难以想象！所以脂砚为之一哭，也是为自己哭，为之一恨，也是恨那些不自爱的女子玷污了曹雪芹的赤子之心。碍于当时的政治背景和社会环境，这位用脂砚的才女不能使用其真实姓名，所以后世只能以"脂砚"代称其名。

曹雪芹与"脂砚"伉俪，青梅竹马，共同经历了家族荣辱衰亡的惨剧，对《石头记》中每个人物的身世和真实背景了然于心，但又不敢也不能披露真相。所以，曹雪芹用旁观者"石头"的角度冷眼著书，暗藏机锋，"脂砚"则以时而戏谑时而警示的语句点拨读者，只待聪明的读者会意其中奥秘。这对生计维艰的苦难眷属，用手中的毛笔复活了昔日生命的辉煌华彩，所以那文中的"一笑"、"一哭"，都来自他们如海的悲情。

其实古往今来，许多门阀世家都像金陵曹家一样，属于诗礼簪缨之族，人才辈出。豪门士族，因腐败而奢靡，但也因奢靡而创造了优越的文化环境，在这种环境的熏陶下，形成了一种独特的世家文化。可是这种世家文化随着朝代更迭都没落了，唯有曹雪芹和"脂砚"，第一次为之做了深入的写照。"脂砚"本人就是这种世家文化培养出来的柳絮才媛。虽然她没有诗文传世，但在《石头记》中的精彩评语俯首皆是，与王国维的《人间词话》之精辟,金圣叹评《水浒传》的酣畅有异曲同工之妙。特别是脂评中许多关涉作者亲身经历的细节,拉近了读者和作者的距离,使这部富有魔幻现实主义题材的作品又似乎有几分报告文学的逼真。比如书中有一段写湘云用合欢花酿酒请大家喝的文字,"脂砚"感慨道:"作者犹记矮颐坊前以合欢花酿酒乎?屈指二十年矣。"这是"脂砚"和曹雪芹的共同追忆,二十年前往事,能共同经历的人,才能有这样的共鸣。虽然学界对"脂砚"是否湘云原型一说尚未有定论,但是真情真意可见一斑!

无论"脂砚"的原型是袭人还是湘云,都只是曹雪芹后半生的续妻或红颜知己,而在他少年时的记忆中,应该隐藏着一位未能与他成婚就阖然夭亡的才女,和婚姻虽然不幸,却也举案齐眉的过了几年光景的结发妻子。而那个黛玉的原型,名字里或许带着一个"红"字,曹雪芹正是在悼红轩中和泪著书的。而脂评中也多处提到某个名字中有"红"的女子。如评"绛珠草"、"赤瑕宫",皆点破名称中暗含红色。"脂砚"对这个女子显然是十分熟悉的,但她却能在曹雪芹写到宝玉和黛玉的情感细节时,深刻道出当年"玉兄"眼里唯有颦儿,其他所有女性,包括自己在内都只是"行云流水"的情境,这种豁达和大度,如果不是肝胆相照的仗义,不是至真至爱的理解,如何能够做到?

在风谲云诡的命运波澜下,黛玉、宝钗、袭人,先后陪伴着宝玉度过了短暂的美好时光,唯有湘云是最后在凄凉落魄之境陪伴他写出《石头记》这一旷世奇书的人。

曹雪芹一生中,应也是经见了许多世上罕见的才女了,但直到他把自己的血泪家世变成文学巨著,才使得"脂砚",这位孤苦零落的旷古才女传诸于世。而他也深知这段缘分的珍贵,在他自己重新修订文稿的批语中,也都流露出对"脂砚"的无限疼惜之情。或许,唯有"脂砚"才是他一生中最知己的知己,她的经历,她的才情,不唯是超越一般才女的文采、气量和骨气,更在于她具有卓越的文学评论家的眼光。

在曹雪芹初稿尚未写成的时候,她就已断定这将是一部前无古人后无来者的伟大巨著,其历史地位将与写出《离骚》的屈原和写出《南华真经》的庄子一样高。"脂砚"的这种评价,绝非爱屋及乌的妄言,若非谙熟中国文学史又具有独立而深邃的历史眼光,是不可能写出这般石破天惊的批语的,而且,她的评判真的得到了历史的验证。

和之前香消玉殒的几位佳人相比,或许"脂砚"的境遇更苦,然而从精神财富来说,却又最大。苦的是举家食粥赊酒,即便如此,脂砚却也赞同曹雪芹不为五斗米折腰的骨气,甘愿贫病相随。这些批语,于《石头记》之外又添了多少格外令人敬佩的侠气!幸福的是,二人一个写书一个阅批，每每沉醉在文字和情节的乐趣中，享受这和着泪光的愉悦，多少往事唯有他二人回味无穷，多少幽微灵秀之处唯有他二人心照不宣。虽然身为曹雪芹叔伯的畸笏也是"红楼梦中人"，但终究不能像曹雪芹和脂砚那样水乳交融，达到灵魂合一的境界。

读脂评本《石头记》，仿佛在看著书者之间的微妙关系："脂砚"在曹雪芹在世时的快意调侃，而当其离世后，"脂砚"所作重评本却如啼血杜鹃，声泪俱下的怀念和昔日恩爱溢于言表。最后，当"脂砚"也凄凉离世，唯剩下畸笏，这个在眉批里不时"插嘴"的当事人，孤独的整理二人遗书。他咀嚼着所有书中人均已作古的悲凉，也成为毁灭原著精华的千古罪人：在重新修订时，他删除了"脂砚"的评语，将一部伉俪合书，砍剩了半部，使得后世续传之人因缺失了脂评本的暗示而写下了违背作者初衷的结局，《红楼梦》，就这样被无数国人错会了其精义，不能不说是个巨大的遗憾！

"脂砚"的人生，一定比我们今天所能猜测到的丰富，她的才华，也必然会重新被世界认识。期待研究红学的有心人，不要总把目光放在所谓的学术争论上，而是以敬重先贤的科学态度，去好好的研究"脂砚"这位才女，让她了不起的人生价值和艺术价值大白于天下，才不枉她绝笔时的哭诉：我今已孤身飘零，想问玉兄（曹雪芹）青埂峰（情根）在何处，好让癞头和尚也把我带了去，但愿有一天此尘世间能再有"一芹一脂"，可使《石头记》不哭，而你我也能含笑九泉了！

云墟臆度

一

今年对我来说是个特殊的年份,既是本命年,又恰是我踏上游子之路的第二十个年头。二十年很短暂,现在回首也许太早,但是我生命中最绚烂的时光已经浓缩在这些成长的岁月中了,这些最青葱、最富有活力也最多愁善感的日日夜夜,充满了寂寞苦旅与惆怅彷徨的点点滴滴,从恣肆的张扬个性到平和从容,都在不曾偷闲地劳作中度过,没有所谓的享乐和挥霍,也未曾被途经的五光十色牵绊,我生活中唯一的旋律,就是诗书相伴,纸墨狂欢。"我把青春献给你",——在那个并不太遥远的过去,这曾经是我们这代人最早也最清浅的志向。把青春乃至把生命献给艺术,是最崇高也最纯洁的梦想。即使多年以后这样的话语早已不合时宜,即使当年曾经为艺术而艺术的舞台如今已上演愚人愚己的闹剧,也无法遮掩渐行渐远的理想主义的时代撒在我们心底的启蒙之光。也许这光如落日西沉,终究会被夜色湮没,但余晖的记忆却难以被抹去。践行固然艰苦,坚守却孤掌难鸣。

好在,我是一个走惯了荒野长路的人。对人生可能面临的孤旅,似乎早有准备。

第一次试图出发,是在七八岁——那年我独自踏上一条孤零零的沙石马路,这条路连接着两个相隔九公里的绿洲:那是"出逃"之路上最近的城镇。从日出到日落,在我身后渐渐远去的,是没有人烟的寂静,而在我的前面,依然是没有人烟的寂静。一条被丢弃的狗,和我不谋而合,只是它四条腿竟然跑不过我的两条腿,为了鼓励这个唯一的旅伴,我不得不经常抱起它,走走歇歇。烈日蒸腾的荒野,难得有一两家住户,讨口水喝,是绝对不能错失的机遇。那是真正的马路,几乎专供马车和骑驴人行走,杨树和沙棘一程送一程,让路面上不时能掠过丝丝凉风。徒步的行者并不特殊,纵然我是个形单影只的孩子,适应了荒野迁移的生存法则,没有人会因而讶异。那是一次胜利的"远征",途中克服了"回去"还是"继续"的纠结,但那也是注定失败的逃跑,到达目的地并没能让我真正的出走。

第一次逃跑是为了离开讨厌的学校,第二次逃跑,我就学会了有预谋的筹划:通过考学,逃离我不想要的前途。

在此之前,我已经有过一次更长的跋涉:和父亲从酒泉车站走到有村庄的地方。我们错过了一天只往返一次的客车,在毫无交通工具可用的情形下,我们必须自己走完二十多公里的长路。这次可是真的在寸草不生的戈壁滩上行走了,幸好有父亲的影子留下的一小片荫凉，让我不至于被大地烤焦。老天对大西北实在是吝啬，那条路上没有任何过客，也没有丝毫风景，哪怕一片云飘过来，也是稀罕的。那之后，我就不再害怕世界上有走不完的路，有遥不可及的目标，也不再担心被扔在荒郊野外——因为真正的荒郊野外，已经连恐惧都少得可怜了。

一个人要走多远，才能看到外面的世界？

有一次坐出租车，司机略带遗憾地说，他四十多岁了，还没走出过河南省。河南省的版图面积，仅仅相当于新疆一个县所辖的行政区。只是这个行政区里有很多地方被旷野所阻隔，相邻的自然村也要朝发夕至。我的当乡长的表哥，到村里去开展工作，必须经常一个人骑着摩托车穿越这些辽阔的大地，寂寞得久了，到了城市里反而容易与人发生摩擦，可见人是最不好相处的动物。

当年十六七岁学画的年纪，往往狂傲骄横，不可一世，后来参加工作，有如我这样在人头森森的单位上班的，必须学会说鸟语，而某些"有幸"被分配到大块领地当地主的，还要经常苦练人话。有个男同学被分到林场，起初还能静心画画，没多久就声称要崩溃，他每次出山来与众人小聚，都惺惺然：与世隔绝是慢性死亡啊！后来，我们陆续四散出逃。出逃的，不只是迫于谋生的压力，还有昏黄路灯下那煤球般的茶叶蛋与一毛钱一串的烤肉所补给的彻夜欢谈。我们向往大城市，向往人烟，向往摩肩接踵，向往灯红酒绿。我们的贫瘠的生活里饱含着期待和热望，为了逃出暗淡，迎接想象中的辉煌，我们从不在乎被打击，被压垮，被嘲讽。

有趣的是，二十年后，好汉没有出现，城市里却塞满了逃犯。

城市，越来越像一个个鼓鼓囊囊臭屁烘天的腐殖体，老的东西没有消化，新的东西又不分好坏的被移植上来，没有顺畅的循环，没有从容的秩序，没有忍让和守护，没有节律和息止，自然生态里有的一切，城市恰恰都没有。但是这样的城市还在急剧膨胀，扩充，贪婪的吸取资源，用疯狂的代谢腐化周围的一切。

我怀念和喜爱曾经不大不小的城市：只要临时起意，十五分钟就能实现的聚会，每天能悠然的享受没有尾气没有电动车横冲直撞的散步，看所有经过水坑的汽车自觉减速，听卖菜的大姊哼着小调。我甚至还乐观的想象：某天赴友人约被问及是开车还是打车来时，我会不屑地说，骑马来的。

我固执地等着骑马上街的政令颁发的时刻到来，在此之前，我还是坚持在五公里半径活动并且以走路为主必要时才骑车，我不需要跑到CBD把自己装进电梯再送上十八层云霄，我喜欢爬楼梯时能上下张望的通透感，也许是跑过的路太多所以不在乎，也许是惧怕在封闭空间

和陌生人相遇，亦或许是有一部分没有完全进化的小碎片在作梗，我适应不了城市化的日新月异，尤其是观念的"突飞猛进。"

二

我的一切自说自臆，对于专心画画的人来说也许都是废话。

因为我的三心二意，信马由缰，往往在画画以外的事情上陷入沉迷，忘乎所以。事实上，画画最初于我而言只是根救命稻草，每次面临繁重的补习，都是美术老师前来搭救，而严重的偏科，也让我对学习的前景失去了信心。成为拥有高中毕业证的"待业青年"，或是像邻家大姐一样的接班女工，都是可怕的，我心里藏着一个不可告人的梦想——成为一个诗人或作家。但是我知道自己终于还是会无缘"中文系"那个美丽得炫目的字眼，即使有时候我投出的稿子也会变身豆腐块。整个少年时代，我的热情都投入在文学梦里，巴尔扎克大段大段枯燥啰唆的铺叙，挡不住我一厢情愿的热忱，西德尼谢尔顿的精彩，是我以大海捞针的决心从各个书屋淘来的。不过最让我觉得贴心的还是张贤亮的西部小说，他在《肖尔布拉克》中写的司机，简直就是我生活中的活版本。

那是一个全民疯狂的热爱文学的时代，工厂的工人爱读书，甚至顽强的写小说，每年一度的书报订阅，简直就是炫富大赛,谁订得多订得专业,谁就是最令人羡慕的明星。那时候订得起《收获》、《诗刊》等纯文学杂志的,都是被借阅的大红人,虽然我们年级尚小,许多内容不能领会,但那种心向往之的崇拜却是真挚的。80年代和90年代初,是只要有精神食粮就可以慰藉贫乏的时代。作家、诗人,是那个时代的骄子,每一首新发表的诗歌,都有可能成为众人传诵摹写的风向标,每一部小说的诞生,都受到文学青年的热切关注。在流行歌曲冲击诗歌之前,顾城"黑色的眼睛"和舒婷"我的祖国",都是学生们在文艺课上最得意的演说内容。那个时候,姐姐送我的生日礼物是路遥的《平凡的世界》,这部小说迅速在我们班撩起了汹涌的"泪涛",我们听广播,读小说,在熄灯后的寝室缩在被窝里谈论主人公的命运,追随《穆斯林的婚礼》而哭泣,为《一半是火焰,一半是海水》而赞叹,因《废都》而迷茫……忽然举头四顾,发现离开了书的海洋,竟然不知何时置身在一个完全不同的世界。

  不久前,在网上看到《白鹿原》的消息,蓦然想起,大概那就是我看的最后一本当代作家的小说。陈忠实的这部巨著,几乎是文学的理想主义时代最后的挽歌,也是最完满的注脚。从那而后,真挚而深沉的写实性作品几乎就难觅芳踪。

  曾经一起穿越卡夫卡发高烧般的城堡,曾经共同啃过《追忆似水年华》长达五本的人生细节，曾经以读过《静静的顿河》和《战争与和平》来锻炼毅力的那些爱文学的同道，都在这个刹那间蒸发了吗？所谓的社会转型，几乎是一夜之间就把中国这个大车上的读书人给扔了出去。

好在我还有画画这根救命稻草。

我通过画画考大学，通过画画找工作，通过画画，找回了在文学梦醒后失落的乐园。

没有书本的生活是不可想象的。没有了当代文学，还有古代文学。这一去就像跌入了超级万花筒，浪漫的诗词文赋，华彩的字字珠玑，让我又回到了文字的乐土。

三

写作往往是排遣寂寞的最佳方式。如果一个作家或诗人不善言辞，那是再正常不过了。看过朋友的朋友写的一本小说《七九河开》，非常棒，但是这部作品诞生的21世纪，显然有点生不逢时。虽然现在出书更容易了，网络文学的发达也让许多写作的人不必被投稿那条独木桥拦截，然而读书的时代已然远去。我已经好几年不进书店了，挤满厚黑经营之道的畅销书工具书的书店，不再有痴情沉浸的读者，旧书满架的租书店也早已无影无踪。传统的严谨语法和精心组织的优美词语都被随意荒诞的网络语言所颠覆，我终于明白巴尔扎克为什么那么啰唆了。二百多年前，他已经预见了未来的人们将忘却先辈所经历的一切，如果没有那些对人物身份社会背景甚至景观氛围的额外描述，单纯的情节可能会因历史的真空而没落。这是非常智慧的预构，因为我们确实发现不只是在18世纪发生的事会令今人诧异，仅仅是在一个世纪交替的前后脚之间所发生的惊天动地的事，到后来都会被当成芝麻绿豆，弹指而挥。

不仅是书没什么可看，电视也已乏善可陈。曾经，一台小小的黑白电视比电影的大屏幕更具吸引力，各个单位大院，每个家庭晚饭后的最大乐事，就是搬着板凳去抢位子。几部稚嫩的青春励志片，就能在那种全民娱乐系之一身的时代激发高昂热情，催生强烈的集体共鸣。三十年恍然两个世纪，仿佛昨天还坐在虫鸣星稀的露天剧场抱怨前面的观众挡住了视线，今天却已经在装修精致却不甚通风的影院端着爆米花看科幻大片。每当我对女儿说起邻家七八个孩子围着一口大锅抢吃水煮白菜，她所关注的话题总是和我的诱导方向大相左右。

我们曾经烦恼的生活竟然让今天的孩子羡慕不已：每天上学路上要跳过一条小溪，河水涨潮的时候我总是会打湿鞋子；因为穿着没有补丁的衣服遭到嘲笑，想尽办法磨出破洞；每个秋天来到的时候，到小河边捞臭树叶，从里面寻找完整的叶脉；和所有同伴一样，我们都做过许多无聊之极的傻事，但对21世纪的孩子来说却无比神奇。同样的事在物质发达的今天却变得难以实现：

一样养了蚕宝宝,却找不到一棵桑树采摘树叶,打了杀虫剂的替代品让女儿的"宠物"最终没能破茧就已夭折;找遍了城市里用水泥整饬的大小河道,最终也没能实现到小河沟边捞泥巴的"美梦"。如果能"穿越",我希望带着女儿穿越到三十年前就好,她可以整个夏天在清水汩汩的自流井边玩耍,可以在冬天和小伙伴们坐着冰橇嬉戏,而实现这简单的愿望不需要我专门报个旅游团和她精疲力竭的赶路。

我的"穿越"的念头仅限于三十年前,是因为我脑海里总是先入为主的想到更早之前的时期几乎没有什么食物可吃。一想到中国历史上的无数战乱都是因食物资源的匮乏而起,想到诗词里的征人怨妇和赞识体文章对皇权的战栗谨慎言不由衷,都让我暗自庆幸生在这样的时代。但是生在这样的时代,却没有可能与体肤饥饿思想高逸的志士携游五岳,韬养宏文。

对大多数同龄人而言,语文课本里唯一没"还给"老师的"励志"名句大概就是那段"天将降大任于斯人也……"的阔论,饥饿、空乏、折磨,似乎是每个走向成功的人必然经历的锤炼。相似的辅助读物还有《钢铁是怎样炼成的》,但是这个理论在现实中的悖论却是:越是出身贫寒,越是在社会底层挣扎,改变命运的概率越低。在唯门阀世家任人的魏晋南北朝,只要是贵族,哪怕财力没落也比豪绅子弟有出头之日;而在用诗稿就能敲开仕途的唐代，一代诗仙李白也要费点心思塑造身世；更如脍炙人口的三国时期，前朝重臣曹操，也是因顾忌刘备的皇室血统而把吞灭西蜀的任务移交到子嗣手中；虽然发动战争的野心家都打着"天下王侯宁有种乎"的旗号，但天下既定必要率先封侯晋爵。等级观念，在东方文明的世界观中根深蒂固，而超越等级，必然要付出沉重的代价并做好鱼死网破的心理准备。

四

许多到过郑州、游过少林寺的人，并不知道他们擦肩而过的大地，还遗留着比景区更传奇更丰富的历史注脚：颁自元朝至今还在广泛使用的"农历"的测算遗址观星台，被黄河浪涛剥蚀近半的项羽刘邦对峙鸿沟的汉霸二王城，埋葬了宋代除被掳走以外历代皇帝的浩大墓群……太多的遗迹湮没荒野，史书中煊赫的事件已被它们的故乡遗忘。

正如路遇的火花比朝朝暮暮的厮守更易点燃好奇，往往流连古迹的，都是些远道而来的外乡人。

从昆仑山下的绿洲一路东行，到两千年前先秦所在地陕西，最先吸引我的是西安的城墙。一路上经过三天三夜的乏味旅行，唯有接近祁连山的几近土堆的烽火台和夯土残垣才能让人为之振奋。西安城墙的魅力在于它既有历史的真切又有与时俱进的随和，古老的轮廓被如此精心的保存在城市的中心地带，对曾经遍布这个国度有着相似外形却早已被"现代化"碾碎的古城尸骸来说，西安古城墙的幸存显得尤其珍贵。三秦大地给我的时空联想还牵系着另一个美丽的传说：秦穆王受西王母之邀赴昆仑山远游。

我从昆仑来，用20世纪的交通工具需要先坐两天汽车沿着塔克拉玛干浩瀚沙漠的北缘走出塔里木盆地，再坐三天火车离开天山脚下的柴达木盆地，然后顺着甘肃省版图的狭长中心经过东汉屯兵的平凉故地，才来到水草茂郁的文明摇篮——可见，当年秦穆王的旅程有多么复杂了。秦穆王是所有春秋时期可考历史人物里唯一"登仙"的实证，先他羽化的女儿弄玉的身世也颇传奇，据说是口含玉生，以此玉制箫吹乐引来了凤凰，更引来了带她升仙的俊侣。此后的秦穆王，大抵是为追随女儿而往西域的。尽管传说神化了这个一代明君，但我宁愿相信传说，因为这种史料中罕见的另类记载至少流露了古人曾有过的浪漫情怀。

华夏文明的滥觞，为什么要追溯到迢遥万里的昆仑山？

是为了扩充统治疆土的狂想，还是在这浩瀚无际的广大地域确曾失落过联系二者的纽带？《山海经》中所记载的四海八荒，一定在之后的历史时期出现过许多未被载入史册的政权，否则那些曾为半人半兽的居民生存的地域怎么会在几百年后建立问鼎中原的大军？

昆仑山没有任何遗址遗迹可与中原的传说相互佐证，但是，在去往中原的沿途却星散着残存中原文明信息的洞窟和墓冢。这些蛛丝马迹留下的线索勾勒出了一个无形却极其宝贵的通道——河西走廊。

河西走廊所处的地方大都是荒凉的，但并不意味着这里没有出现过繁华的城镇，西北脆弱的生态环境，从曾经是塞外江南的楼兰古国最终资源枯竭而沦为沙漠的惨烈可见一斑。驼铃声声，篝火隐约，河西走廊上的商队运载着波斯帝国和煌煌大汉的各色财物，宝马、裘皮、地毯、金银器，西域美女、政治流放犯、能工巧匠，还有天竺高僧，那是中国第一次"西风东渐"，这个风，从汉到唐，吹到极致。

在敦煌参观一个特字号洞窟，讲解员指着佛像身上细腻的贴身衣纹说，这就是当年见到西域丝绸的工匠们受到启发雕刻出来的样式。我笑说，那个是从印度传来的犍陀罗时期的雕刻风格。而在佛像所在石窟的顶棚，赫然可见道教文化的四方神和羽人、方相氏。这是东西融合的典型个案，看到这样美轮美奂的石窟，我们没有理由怀疑中国文化在过去当下或未来是否会被"西风"所吞噬所销蚀，当画匠们以相同的虔诚和恭敬描绘这些轻盈旖旎的图像时，已然将道教诸神对西域人神的愉悦接纳刻画得惟妙惟肖。如果说两汉在迎佛、灭佛的几度反复中悬置了佛教的信仰纷争，那么经历了南北朝的风雨隋唐的稳定，始终在河西走廊上缓缓渗透的神秘宗教终于落地生根，开花结果。到了晚唐大型石窟密集开凿的时期，由犍陀罗式而笈多式，由笈多式而完全中国化的蜕变完满实现。

至此，雕刻艺术的旅行也实现了环绕地球的使命。印度犍陀罗地区因受到古罗马帝国的殖民被迫改造了神像的雕刻手法，突显肉体质感的高浮雕技术和罗马式的含蓄优雅结合为犍陀罗风格，而传入中国后为刻意淡化感官而强调内敛理性的写意化手法所浸淫，形成南北朝重视风骨神韵的清癯之美，到盛唐石窟遍地开花时，又进一步向丰腴端丽的形态转化。至此，印度原始佛教中的化外蛮夷的形象已被整合为符合中国各阶层审美意趣的慈祥静穆的阴柔化神明。这种阴柔化的倾向，在文学诗词绘画书法中比比皆是，从造神心理而论，是模糊的性别取向更具亲和力，而从历史客观而言，是深厚的农耕文明孵育了以柔制刚的自然辨证观。

五

阴柔化，并非是华夏民族审美趣味的主流。只是阴柔美的外在特征往往容易让人误读其深厚的审美内涵。

事实上，从青铜器造型纹饰到佛教传入之前的早期壁画雕刻都是以阳刚美为主流的。而阳刚和阴柔仅仅是道家思想宇宙阴阳观派生出来的细流末梢。由混沌而分天地，由乾坤二元而化生自然万有，早期先民祭祀天地的礼器已然将宏观而抽象的阴阳理念转化为有形的物态：白璧礼天，黄琮礼地。白璧之圆，雕之云气纹样卷曲连绵的弧线；黄琮之方，刻以硬朗率意的转折直线。本无意义的状貌因象征性隐喻而分别归属于阴阳两大系统，而这两大系统则在由简而繁叠置生成的二十四卦中互为生克，轮转不休。

以《易经》为核心的道家哲学体系，最根本的任务是寻找宇宙气象与地理生态的内在联系，从而指导农业耕作，没有"稷"的丰收就没有"民"的安居乐业，统治者也就无从保持"社稷"的稳定和持久。在政权林立的华夏大地，唯有善于打理和解决粮食作物问题的族群，才能成为统治主体。四方归顺，北服狄、戎南征蛮夷，西据沃野的商周时代，将他们所征服的部落图腾的图像雕刻在青铜器上，既能震慑视听，又能铭记历史。青龙、白虎、玄武、朱雀，这些为后世熟悉的神兽，前身隐藏着曾被炎黄文明奴役和同化的原始部落的信仰的萌芽。

从某种意义而言，中国的美术史并不单纯是视觉艺术的历史遗存，不同历史时期出现的艺术载体及其典型图像，都必然与当时的社会背景深刻的相关联，而这些关联所包含的密码与文字记载并非同步契合，为了在残酷的斗争中求得生存，以影射或暗示的造型手段创造或改造主流图式，就成了中国艺术一道隐秘的风景。

如同希腊诸神居住在奥林匹斯山，华夏诸神居住在大多数人无法抵达的高耸险恶的昆仑山。青鸟、羽人、九尾狐，这些神灵的使者穿梭在汉代墓葬的画像砖石上，稷、黍、禾等农作物被大量装点，宽袍大袖细腰矫健的武士斗虎、骑马、射猎，就连跳着翘袖折腰舞的女子也阔步激越，当砖石上隐蔽的图像被翻印到拓片上时，一个远古的世界复活了，神和人在这里幽会，仙界和世俗的走兽往来奔跃，一度以道家思想为主流意识形态的两汉贵族，相信死者将会在西方世界复活，过着优哉游哉的生活。他们的先祖，确实活在神灵的净土。

已经能准确的运用线条勾勒造型的两汉工匠，甚至能用工具直接在画像石上"创作"。在河南南阳、郑州、新密、洛阳等地出土的画像砖石上，能看到同样的图形被不同刻画手法表现出来的风格各异的艺术样貌：南阳匠人的率意豪放，呈现朴拙阳刚的韵味；新密匠人的繁密线条圆转灵动，颇具华丽柔美的情调。同样，湖北等地出土的同类题材砖石，也各具特色，从中不难看出，虽然程式的传承性严密的制约着艺术匠人的创作，但是他们依然能以灵巧的块面布局、曲直有度的线条组织、张弛自如的疏密聚散来彰显自己的品味和意趣，从而将些微的变化渗透到图式的宏观演变中去。

六

只有物质文明高度发达，才有可能将艺术从实用性载体的装饰中解放，所以在绘画转移到纸绢从而实现"独立"之前，不可能产生针对绘画艺术的单纯性评判。而独立后的绘画的首要任务依然是功用的：描绘先祖、神明、圣贤和贵族妇女。在此之前，书法和音乐已经结出了更为纯粹自由的硕果。当八分书飞速的抵达行书艺术高峰时，与王羲之同时代的宫廷画师尚不能意气飞扬的以竹石抒怀，孤芳自赏的表达自我。为帝王宫室描绘万里江山，与宦途维艰的士人交流"卧游"林泉的乐趣，才是那个时代艺术家的追求。

但是，唐、宋时期的山水画，仍然潜流着写实自然和追求技法以外的君臣伦理的暗涌。热热闹闹的西风东渐，表面上将佛禅思想渗透到世俗生活和骚客诗篇，但华夏文明自成体系的儒家入世和道家无为的世界观依然是支撑皇权社会的栋梁。山水画则是这两种思想在图像形态上的物化。

主峰雄健、近景和远山从四方拱戴的构图，曾被部分鉴赏者称为"曼陀罗式"，这种满布画面的山水，一方面再现了北方崇山峻岭的地理特征，另一方面，也因扑面而来的王者气象打动人心。随着宋朝政权的南移，消失的主峰也暗示着身为臣子的画家的济世怀抱的无处寄托。而创作这种恢弘景象的画家，就是士人和文人。一个文化阶层中处在不同命运的艺术家们，以他们的敏锐和深沉，开启了中国画的新的境界。

士人和文人的差别，在于士人的官宦身份决定了他或者积极迎合，或者消极自保的心态，前者流露在绘画中的是崇高俊伟的庙堂气息，后者则是萧散清冷的野逸风骨。而文人群体里的没落贵族、富裕乡绅、不仕书生，因良好的文化教养而各领风骚，在绘画上的选择也更自由。然而，在这其中还有一个尴尬的角色——宫廷画师。在没有专职画师的朝代，善画的士人可以偶尔充任这种角色，但在有宫廷画院的朝代，专职画师的地位反而底下，但不管画师地位高低如何，他必须首先是文人出身。所以所谓的院体画和文人画，并不总是泾渭分明，士人、文人、宫廷画家在不同时代的角色身份往往在互换、交织和重叠，但始终保持在同一文化素养和基本价值认知的基础上，这些因素决定了中国画的核心价值观和审美情趣在经历朝代更迭后能一以贯之的传承其文脉。

中国文化的另一个可贵之处，在于每当遭受异族征服统治的时候，以华夏本体思想为主流的士人文化，都能以曲折的方式完成自觉重构，并深刻的影响统治族群，同化并兼并他们的原始文明。

北方拓跋、东方鲜卑、蒙古铁蹄、满族八旗，所有逐鹿中原的边地民族，都在用武力降服华夏族群后又吸纳了他们的智慧，即使将汉民族排除到贵族阶层之外，即使严密的监视和残酷的迫害汉族文人的文艺创作，即使洗劫和破碎了楼阁殿堂珍玩古董，屠杀和掳掠平民百姓，也不能泯灭这种顽强的文化茁壮的生命力。

同样顽强的，还有中国文人的清高和独立。

但是对文人清高风骨的这种推重，经常也会阻碍我们客观公正的评价那些做出过卓越贡献的历史人物，美术史更无需也不应以这种判断而忽略那些艺术家的成就。曾经颇富争议的一位艺术巨匠，就是赵孟頫。赵孟頫在书法、绘画上的造诣极深，但是因仕元的经历令其身后几百年一直被后世文人诟病。"人品即画品"这种牵强的评价，往往容易因不同时代道德标尺的不同而难以立足。"风骨"被沦为"忠孝"的片面化解读，也使中国文人误入了一条社会价值与自身价值悖逆的歧途。

七

如何来解释和认识"风骨"，是关乎文人画正确解读的重要命题。

首先从文人的产生方式看，受教育的权利基本上集中在历代士族的家族系统中，农工商等平民的后代一般都只接受普及性教育，而很少进入上层文化阶层。不论是以推荐世袭还是以开科取士的方式录用人才的朝代，个人的家庭及其宗族背景都至关重要。很多时候，文人的宗族利益是高于国家利益的，但对"天下兴亡"的责任却是第一位的，所以"达则兼济天下，穷则独善其身"，当政权清明时投身朝廷积极的辅佐君王治国，当时事艰难时就退守到读书修为中求得思想建树。无论进退朝野,还是逃避生死倾轧,中国文人都秉承"威武不能屈,富贵不能淫"的独立人格,对这种独立人格的推崇是世家传袭的衣钵,也是具有相似命运的文人之间相互勉励的信任基石。

诗词书画,是传承文人"风骨"的主体媒介。由此不难理解,为什么长期以来书画艺术都仅仅限于文人之间的赠与和酬答。这种高雅的艺术形式所承载的情感交流,是中国文人为自己保留的一方净土,而若将之付与金钱交易,被认为是对斯文的辱没。所以一般来说买卖字画,往往只存在于对前代遗留珍品的购藏,而少见与同时期文人之间的作品交易。

中国文人骨子里对书画交易的鄙视,还源于对匠人画与士人画的格别。能够明码易市的画古已有之,比如木版年画和经文图书,流行于闺阁的绣样等等,这些实用美术范畴的匠人画,是难登大雅之堂的。壁画本也是典型的匠人画,虽自吴道子之后,也屡被划为"神品"以拔高规格,但整体上仍然在历代画史画论中被忽略。民间的专职画匠,其实就是今天以创作消费性艺术品为主的艺术家群体的鼻祖,而这部分消费者却早已物是人非,发生了极大的变化。

富有戏剧性的"扬州八怪",被"冠名"的过程颇类似于几乎同时期的法国"印象派"。只是在嘲讽中诞生的艺术流派在不同的国度因文化差异待遇也大有不同。这些寓居扬州的文人，因鬻画为生而斯文扫地，但也因盐商集团附庸风雅的利益诉求而被趋之若鹜。满族皇权统治下汉族权贵的身份贬低，让被朝廷边缘化的文人不得不把济世怀抱转向游戏笔墨，早期政权腥风血雨的文字狱也迫使许多人不得不以书画虚与委蛇——文字训诂学的发达同绘画一样，是文人在创作空间被严重挤压下必然的时代选择。扬州本地物质财富的丰厚所形成的小气候，为善于书画的文人提供了避风港，而像郑燮这样罕见的曾为一地父母官的士人，自然也更具漠视豪绅的特权，所以千金难买也就在情理之中了。然而，不可否认的是，正是这种小气候使消费性艺术品有了确切的价值和流通变现的可能，而价值又促进了艺术向消费性特征的演化。逐渐的，受益其中的不再仅限于文人，而是渐渐惠及由消费趣味培养出来的专业画家。不过，中国有自己的特殊国情，艺术品的市场价值从来都不是由独立的艺术中介机构来认定的，权贵题跋，画家身份，买家的动机，甚至画家所属的流派和地域都人为的参与到价值权衡中来。至今，收藏界还是更多的参照着这些非艺术的因素来选择收藏目标。

　　从"扬州八怪"到海派诸家，中国书画早期的价值认定在经历了新兴资产阶级和封建官僚在文化心态上的交错和渗透后，终于在文人画的独立性上达成短暂的共识。这种共识，建立在农耕文明所仰赖的以儒家思想为主的伦理观念和思维定式上，同时也对民俗性审美和世俗性内容做出了让步。这种包容和改变最大的体现就是花鸟画涉猎题材的扩大和笔墨色彩表现方式的多样化。

遗憾的是社会现实与艺术发展从来都不是同步的，花鸟画在文人画中异军突起的向艺术高峰崛起的过程，被改朝换代的历史脚步打破，而思想界所追求的新文化运动，因对封建体系的积愤迁怒于对传统艺术的误解，继之以摧枯拉朽的豪情进行西方美学视角的嫁接，令文人画在遭受创作群体断代打击的同时，也被新的文化秩序所消解。与此同时，写意性花鸟画未能实现的绚烂巅峰也轰然倒塌，硕果仅存的齐白石等非传统文人体系的画家，虽然以个人之力扛鼎半壁江山，但终究没能避免一个戛然而止的时代的结束遗留下的巨大缺憾。

封建王朝解体后相当长的时间里，中国的文化人都因社会归属的无序而处在漂移不定的状态。这种状态激发了创新的活力，但也因其肩负延续文化根性的使命而陷入纠结：一方面是反差巨大的社会体制的改变令新旧观念的交锋日益激化，一方面是对民族文化纯洁性的本能保护和对西方文化开放性的向往和参与热情。在扬弃或继承，改造和重塑的艰难探索中，艺术也必然被裹挟在这个颠簸坎坷的实验性转化的洪流中。

八

失去文人阶层的文人画，还有没有存在的意义？

文人画在其历史形成的过程中，从未经历过如此剧烈的冲击和改造。从意识形态到艺术载体，都未曾面临这样严峻的挑战。笔墨纸砚作为沿袭千年的绘画工具，技法和造型代代相传的程式法则，都遭遇了新的质疑。虽然21世纪的我们已经无从感知当年那些艺术家的真实心境，但在笔墨走过了和光影、构成、空间、西方色彩体系等的结合后，却正在貌似"回归"的向文人画的图式位移。

文人画又回来了吗，经历了西学东渐改造的20世纪的中国文艺，依旧还续演着封建时代颂赞文体为基本昂扬舞乐为主导的默认主流，不同的是，乐与礼的关系几乎荡然无存，就如恐龙进化为蜥蜴，音乐只在类似礼宾性演出时才能让人看到依稀"礼"的残余。不再祭祀天地祖先，礼制文化的根脉就被彻底夷平了。而"礼"正是传统文人遵从的"仁智礼义信"的处世标准的前提。在"礼"被官方化消灭后，民间的余绪依然存在。几千年形成的意识形态结构在传统文化被裂解的同时也在悄然嬗变。

在文人画中，虽然"礼"没有被直白的表现，但是"礼"的准则却在文人画里深深扎根：山水画中的三段式构图，中景和远近景的揖让和呼应，花鸟画里对题材的隐喻，主次穿插的敧侧取势，还有人物画里对环境氛围的布置甚至留白，造型和色彩上的有意味的提炼，都基于艺术家自身阶层伦理价值观的间接表述。而"礼"的恭谨和谦和，也使文人画家能养成一种平和淡定的人格修养，这种修养与耿介清高互为补充，使他们在绘画中能以富有素养和技巧的形式表达自我，在呈现艺术个性的同时又不至于沦为粗野。虽然也有文人画家以狷介书生特出，但基于"礼"教培养的放浪形骸，和完全没有"礼"的无拘无束的任性使气是截然不同的。

反观当下，一个与文人画所处历史时期截然相左的教育体系，已经清除了所有可能成为文人画的创作者的生存土壤。尽管文人画的图式依然符合这个时代大多数艺术爱好者的审美趣味，但信仰根基和教育体系的不同，令这种审美趋同仅仅停留在表象的浮现，而非触发心灵的精神共鸣。

同样，没有可以信仰和敬畏的神明，自律和反省的功能也在退化。在新锐的叛逆浪潮向平缓的保守理性沁融的过程中，依然是中国人习惯顺遂主流的潜意识吞灭了本该进化的自主觉悟。个体的理性判断犹如大海里的浮舟，一时显露，一时又被更大的浪潮击碎。共同信仰的动摇，使期望成为文人画传承者的艺术家陷入与时代主流和历史隔阂之间的纠葛。

要理清文人画和当下中国画的关系，还必须理清文人画和相关美术批评史料之间的关系。由于漫长历史时期里各个思想流派对文艺领域的话语干预，导致中国艺术家拥有一个随时可以拿来当"令箭"的庞大的跨学科的文艺批评资源，又因为这个资源本身的模糊性和复杂性，往往让试图严谨求证的诘问者无功而返。

事实上我们今天的美术理论研究相当程度上还是建立在古代跨学科的文艺批评史的范畴上。比如谈到绘画的起源总是扯上"大象无形"，其实那个纯粹是哲学问题，和今天所谓的图像之"象"毫无关联；比如谈到绘画关于"似与不似"的问题，总是把苏东坡随意题写的一段赞扬某幅作品的文字硬扯进来；还有每每论及中国画的书法性用笔，总是把"石如飞白木如籀"曲解为画树石就要以草书的侧锋和篆书的中锋运笔。书法理论更是和美学散文混同一气，玄虚空蒙的抒情化评论，常常陶醉在华丽的辞藻中而令后人莫知所云，没有学术批评的独立，为之代笔的文人因鄙夷绳墨法度的匠意而回避了书写的技术性问题，反而为"形而上"的神韵气格大书特书。这种"外行人"谈艺术的风气某种程度上扰乱了我们研究传统文化真实面目的回溯之路，同时，把哲学或文学领域谈到书法绘画的只言片语不分青红皂白的拿来填充对古代和当下作品的评论也因失之客观而误导了艺术家与观众。

这种对艺术家和艺术评价标准的集体误导，古已有之，今人默契，又缺乏权威系统的厘清和申辩，不约而同的合谋了中国传统艺术尤其是书法与绘画的审美判断的含混不清，语焉不详。

九

法国大革命失败后，曾经有人说过，把自由还给习惯了皇权的人民，无异于将世界交给暴徒。这话虽然极端，但的确适用于相似背景下地球村里的任何地方，任何民族。事实上，强权政治某种程度上是由集体意志而非个人意志造就的，只不过其形成后会顺理成章的为个人意志掌控。政治倾向对文化艺术的作用毋庸赘言，但高压状态下的政治在扭曲了文化艺术的创造性的同时，也积蓄着巨大的爆发力。一旦压力被释放，首先出现的信号，一定是文艺作品。

伤痕文学、八五思潮，都是在这样的背景下出现的。很幸运的，我们这代人没有因被放逐而错失学习的良机，也没有因身份红黑而被剥夺权利，我们赶上了我们所在年代的最近的一次"文艺复兴"，亲眼目睹了一元化向多元化急速推进的社会转型，也体味了个人的奋斗与时代共同迈步的变迁。

20世纪的理想主义思潮，从某种角度上与盛唐诗歌的浪漫主义风尚、北宋画坛的写实主义流变有相似之处，但却无法与之取得的辉煌成绩比肩。相似之处在于，政治上前所未有的开明和稳定使人们处在对基本物欲的满足和喜悦中，创作主体在创作意图的单纯性和投入性上都更为专注，整个社会对艺术的认知和判断都有高度的一致性，这些，都为艺术的良性成长奠定了扎实的基础；无法相比的是，农耕文明的缓慢节奏和信息化时代的迅猛快捷，决定了建立在不同基础上的艺术将面临迥然相异的前途。

物质文明的高速积累，与文化心理的相应转变严重脱节，没有得到足够重视和自由发展的上层建筑，被经济增长架空，社会伦理价值观在稀里糊涂的改造后也未能得以被理性的思想系统充实，种种倾斜和不平衡，造就了社会心态和文化心态的急功近利，也让怀旧乃至复古主义的思潮有了对民族文化反省和回归的理由。

怀念和追溯，不是时代的主流，但是怀旧心态的催生，源于对正处于变化的时代的拷问和质疑，这种质疑，并不以否定社会发展为前提，也不是一意孤行的要倒退或固守，换言之，个人的情绪感知在时代洪流下是微乎其微的，即使最卓越的艺术家，也不可能将这种感知物化为所有人都能产生共鸣的作品。因为每个人的个体感知会因成长和教育背景的单一化的打破，而越来越呈现多样化、复杂化，这种差异也决定了无论是现在，还是可以预见的未来，艺术本身的界定和艺术家的认知都将不断分化，犹如细胞在裂变过程中可能出现的各种变异，艺术也将呈现过去不曾有或某个历史阶段似曾相识的特殊形态，这些形态与读图时代的视觉信息迅速更替相交织，往往使艺术创作的主体面临科技参与到图像竞争中的冲击，所以作为艺术家而言，追逐和捕获这些形态都不是永恒的，因为生命体的再现能力虽然往往无法与技术性的图像生成相抗衡，但却可以拥有科技无法进入的个体情绪的感受和认知表达。多元化的挑战使艺术家能借用更多的手段表达自我，也威胁着传统认知的艺术发展模式。

我相信多元化并非意味着无序和散逸，也并非个人判断可以任意凌驾于千百年来积淀的文化认同和基本趋势。作为艺术家，个体创作也许无益于也不必企望有益于贡献社会，但在有限的创作条件下尽可能的维护思想的独立和尊严，是我们延续文化根性的基本守则。

十

佛学说有情众生，我认为比其他宗教对信仰主体的概括更有高度。所有哺乳动物都有有情之本性。有情，是对自我的发觉和与自我相关世界的领悟与关切。然而只有人有挖掘和探索自我的能力。虽然这种能力与生俱来，但是唯有艺术家才能将精神层面的挖掘成果物化为作品，艺术的诞生就是情状的物化乃至与其他客体共享并产生共鸣的过程。共享物化的成果，从视觉形式而言，优先体现在所有人可见、常见，并且能带来近似感受的图像，进而是这些图像与人们认知经验所关联的想

象。我一直认为中国人是最富有想象力的民族，从书法意象的形成角度看，我们的民族确实在达成物化到抽象的共识上显示了卓越的创造力和理解力。

每次翻阅《说文解字》，我都会赞叹不已。中国文字的功能的强大，正在被渐渐磨灭。

21世纪的今天，无论当代艺术怎样以装置、影像、行为，甚或任何非传统的载体来重新解读或解构中国汉字，都不及《说文解字》的只言片语。古文中三言两语能表达的内容，今天不仅要被动辄以十数万字来增肥，也有可能被再次拆解或蹂躏，而不厌其烦的做着这些大量艰苦工作的人，如光屁股的皇帝炫耀看不见的华美新衣般沉醉在他们与时代共进退的弄潮儿的无限乐趣中，至于文字本身的苦心孤诣，则依旧在故纸堆里无人问津。

所有的传统文化，都不能幸免于难。他们会冷不丁地被揪出来，或被扫地式的狂热表演拖拽着粉碎在口水与墨汁飞溅的"战场"，或被反复以扭曲作态的秀台丑化，或被硬生生和毫不相关的涂鸦扯在一起完成恶俗的"冥婚"，也有可能被粗制滥造的改装成某个重要的象征性符号，一切皆有可能。"艺术家"们绞尽脑汁的发掘种种令人侧目的"艺术语言"，完全是为了向罹患了"过速动眼症"并早已审美疲劳的艺术舞台谄媚。在这个舞台的幕后，人们正在热火朝天的讨论与艺术本身无关但与艺术经济有关的话题。而在这个舞台轮流不息的演出过程中,所有的观众都只是在入席离席的间歇才不经意的投射出他们吝啬的目光,一边在慨叹没有"感动"他们的东西,一边在继续调侃"感动"。"愤青"和"文青"都过时了,但是愤愤然的发泄和假文艺的造作还依然时髦。支撑这种习气的,是少数艺术家对当下社会整体价值失衡的敏锐洞察和体验,但更多的是盲信盲从的追随者。

然而对于艺术家而言,产出作品的目的还是要面对观众。

当你已经对当下和自己的处境有所判断时,首先要确定自己的判断与现实之间的距离。如果作品与欣赏群体的审美意愿不相吻合,甚至更疏离,那么展示作品几同于飞蛾扑火。更残酷的是,如果作品与艺术家自身的内心诉求和表达意欲相背,那么作为艺术家而言,他几乎是处在外界与自我的双重剥离下被孤立。选择,靠近外界叛离自我,或是表达自我脱却外界,将产生两种完全不同的后果。往往,叛离自我更加容易。

所谓最大的敌人是自己,同样,最大的财富依然是自己。

十一

艺术是什么?今天的艺术分科越发细化与产业化,而普通人对艺术的误会也越来越深了。比如你是一个画家,"外行人"会问你是画油画还是画国画的,如果你不巧是玩综合材料的,未免尴尬。难以解说是其次,难以被认同是根源。

十年前我们单位组织送文化下乡,与书法家相比,我的字因多年沿袭蔡襄赵孟頫的书风,让我为作品与题款的结合大伤脑筋,但是普通老百姓却喜欢这种甜美通俗的书法,往往我的桌子前排的队伍比已具造诣的书法家要长。随着时间的推移,书写的春联越来越"不敌"金光四射的印刷品,对于富裕起来的农家来说,买春联的"不差钱"远比政府一厢情愿的"送文化"更实惠。

同样的困惑,也将缺乏审美培养的观众阻隔在画家幽居的堡垒之外。在艺术与市场经济不太相干的时期,这种错位还不明显。但一旦艺术投资成了没有审美基础的投资者的避险渠道,财富涌入带来的混乱就冲破了艺术沦为消费品的操守底线。

"看得懂"成了普通观众判断艺术的基本标准。这个问题的背后掩藏着社会大众在散漫视觉背景下不自觉形成的审美趣味和艺术家在精英化教育中建立起来的审美趣味之间的天壤之别,前者如每年一度的春节联欢晚会,只需粗放的洗脑式熏陶,而后者则要经历漫长深厚的学识养成,显然要让毫无相似体验的观众购买并理解在专业化训练中脱颖而出的艺术家的作品,就像让马车和火车赛跑。

理解普通观众，而非"圈内人"的视野，对艺术家来说十分复杂，同样，艺术家也往往对普通观众的那些"外行话"不屑一顾。长期濡染在专业圈里，学习时的同学老师，工作后有同样爱好的朋友，展览中参与的协会社团，所有喜爱艺术，特别是审美取向趋于一致的人逐渐汇集为一个私密的社交集团，这个松散的社交集团，因近似的趣味而吸纳和稳固着参与其中的成员，但是，在不同学科乃至不同审美品味的圈子之间，鸿沟依然存在，同为艺术家，却因小圈子的共识不同而不能互相兼容。

这让我想起中国画有个小品题材——羡鱼图，许多画家不知所然的画一古人临渊看鱼，实则大错。这个故事典出于《南华真经》，是庄子与惠施同游濠梁时的一段辩论，所以真正画羡鱼这个题材，应该有两个人。庄子与惠施最精彩的辩论不是"子非鱼安知鱼之乐"，而是种匏瓜的反诘与机趣，更有惠施怕庄子抢其爵禄而庄子以凤鸟非梧桐不栖的嘲讽挖苦对方的机智对簿。这一对冤家各有所著，都是才华横溢思想高蹈的一代巨擘，但是却一辈子互相斗智，当面诘难。令人感慨的是，庄子过惠施墓，为之缅怀长叹，因失去对手而倍感落寞凄凉。如此，不难想见，在所有英雄辈出的时代，都是既有争鸣，又能共存共勉，既有异见，又不以诋毁谩骂为能事。他们生活的时代，以学术操守为底线，以磊落的对阵为风尚，在那样的时代，往往口诛笔伐的对手，私底下却能惺惺相惜，所有观战进而参言的儒生，都能既维护斯文的体面，又巧妙的出奇制胜。特别是春秋时期，一个穷书生可以在宴会上把枣核弹到君王脑门上，却以措辞诡辩免于罪责；白吃白喝三年的门客竟然"得寸进尺"的向领主要马车出行的待遇。两千多年前的开明政治所遵循的西周古风，其发现人才的价值核心"礼贤下士"，与西方19世纪才弄出来的民主政纲相差无几。但是思想的繁华容易令王朝麻痹，战争带来的文化领域的重新洗牌在削弱文化上层建筑的同时又在重构文化形成的基因。复制或套用历史的片段当然愚不可及，但基于传承的目的进行系统的观照和审视却是当代艺术家必备的素养。

过于自封于传统或完全割裂于传统都是偏狭的，以功利的心态标榜艺术的当代性或传统性是偏激的，无论艺术家出于什么样的预想来进行创作，都应该传承前辈巨匠对艺术创作本身的专注和纯粹。

十二

中国艺术家的生存现状和社会待遇，应该是全世界最好的。当然这种优越性是有门槛的——职业化。职业化的艺术家可以拿工资享受铁饭碗，在主流艺术机构拥有颇有分量的话语权。反之，则需要有毅力在业余时间钻研，并有勇气脱离与艺术无关的职业，寻求别的谋生方式来最大限度的创造条件从事艺术创作。"主流"是官方的极少数,"非主流"是民间的绝大多数。进入"主流"的通道几乎是隐秘的,正是这种隐秘性,使"主流"选择其艺术家的过程几乎不可能具备普遍性和公正性。

幸运的是,我因选择了一个曾经必然的渠道而进入了"主流"——尽管这是个话语权已然严重倾斜的"地方主流"。从非主流到主流的过程中,我参与了一个时代将艺术爱好者淬炼为职业画家的横断面,也亲历了从美术院校到美术机构的个体认知的时空位移。看到数以万计的"北漂"画家的困扰,深切的感受过边地和基层美术工作者的艰难,经历了国字号展览的洗礼,熟悉了地方展览的路线,作为这个庞大群体的一员,我为自己还能有闭门谢客隐逸闹市的资粮而慰藉。几经拼搏之后,标新立异求得认同的热情已经熄灭,我能更理性地面对不能互融的审美角度,也能更从容地面对不被认同的短暂境遇。是的,即使一生又何妨当成刹那,艺术家的作品不被同时代认同,是再寻常不过的了。但是有时候需要反省,有时候需要坚守,而调整的依据就是对美术史和时代规则的把握。

同样是职业化,地方画院的画家和高校的美术老师(同时也兼具画家身份)在观念上的差别已经越来越大。这个离奇的现象,大约与画院和高校的处境不同有直接关系。高校崇尚纯粹学术，要维持"艺术化"血统的纯洁性，画院要和相应协会及官方各级机构发生千丝万缕的关系，必须融入大众都能接受的普世性标准，同时，画院也肩负着履行文艺方针的重任，过激和具有游离普世价值"危险"的作品没有生存土壤。其实画院和艺术院校的这两种艺术区划，完全可以互为激赏，互为补充，而所谓"体制"之外的画家，也构成了消费性艺术的创作主体，他们与上述二者，本质上没有高下，都是美术创作者，只是面向的欣赏群体不同罢了。而欣赏群体，有时候是互为叠加的。

艺术家向来以"单兵作战"为荣，只有"北漂"画家因其所处的集体弱势而"抱团取暖"。但一旦"转正"，进入"主流"的画家会毅然选择将自己的价值判断和创作思想转化为所属阶层的集体意志。主流美术思维模式的同化暗示，不同程度上的影响着画家的创作初衷，愈是有强烈自我并渴望创新的艺术家，愈是容易与共同意识形态抵牾，因为艺术个体的觉醒总是超前于集体审美的觉醒，既所有优秀的艺术作品是超越同时代孑然独立的。从这个意义上说，一个有才华有能力的画家，在主流或非主流都是各有利弊的。

在中国美术史上，院体画和文人画两大阵营的比拼和沉浮就是一个鲜明的佐证。

但是今天的院体画更多元了，而昔日对院体画有重大影响的文人画却因特定阶层的消亡而松散,没有文人画的内涵和素养,被遗弃在民间的画家就缺乏文化向心力的凝聚,也就易于被市场经济所绑架。一方面,消费性艺术品向买方市场的自觉献媚,在腐蚀作品艺术性的同时也纵容了收藏者的低俗趣味,另一方面,创作型艺术品的过度私语化或极端写实化正在疏远中国文化的传统根脉,而艺术创作的多元化的趋势又在不同程度上加重了中国画的窘迫境遇,健康的艺术环境的成长,健全的艺术创作和欣赏客体的交流平台,需要仰赖中国画体系在延续的同时既保持民族艺术的独特性又维护富有活力的完整性。

十三

从求学到成为职业画家的这二十年,我都始终执著地迷恋以水墨创作中国画。但是真正开始对水墨的灵魂——写意性有所领悟,却是最近的几年。

写意作为一种形而上的审美判断,长久以来都被借用为水墨画的代称,但是顶着"写意画"这个高雅的桂冠,许多创作者早已偷换了写意的概念。因为要达到"写意"的审美高度,需要笔墨技巧的长期砥砺,而技巧与坚实的程式化训练和个人悟性密不可分。程式化训练要依靠临摹历代名画完成,可并非只要走过这个过程就能化为己用。往往,长久的摹古会令临习者脱离对当代美术的观照,而把摹古所养成的技巧体系直接套用在现代中国画的创作上,由此也必然导致的尴尬是:当已经被西方视觉艺术形式不同程度的兼容过的中国画遭遇以摹古心态守持的创作思路,首先会面临图式接驳上的冲突,这种冲突既是文人画审美与流行性审美的冲突,又是当代中国画家在缺失文人画教养嫡传的情况下力图助推文人画在当代画坛复兴时所面临的艺术语境的错位。

经受了一个世纪的历史劫难和文化重构的中国,在经济高速发展的时期,也迎来了艺术经济的繁荣。不管这种繁荣内部有多少非艺术的因素,但整体的文化心理趋向对本民族传统美术的重新评估和定位,也首先青睐于富有消费性特征的艺术品。而习惯顺遂主流的从众心态,让这部分观众很难接受消费性艺术品的个性化倾向,这就导致了消费性艺术品的创作思路几乎集中在一些已然僵化的图式中,而这些图式其实仅仅是文人画里相对少数的个别流派和艺术家的风格的粗糙复制。

中国画特别是文人画,从未像现在这样严格的将山水、人物、花鸟三科划分为艺术家单独开辟的创作领域。艺术到了21世纪的当代,各种媒材和观点都在跨越学科界限的同时吸收更利于表达艺术家感受的技巧和工具,反而,中国画却在走向一条自我裹足的离析之路,不但展览机构向当代或传统各自倾侧,艺术爱好者和艺术家也在非此即彼的题材选择间筑高了不同画种间的成见。事实上，几乎各个历史时期的名家巨擘，无不具有广泛的艺术学科基础，尽管他们在各自的题材领域达到了后人难以望其项背的高度，但其创新能力并非仅限于他们所擅长的内容，只不过因为传世作品卓越的艺术高度遮掩了他们在其他学科和题材上的成就罢了。

客观的回看文人画，其所诞生的交通工具和资讯信息极其匮乏的时代，任何题材作品的形成，都是那个时代文人对有限生存环境之外的世界的心路体验和向往，

这种体验因物质条件的落后而显得格外珍贵,凝结为艺术品的过程就更多的寄托了艺术家的生命感悟和情感升华。古人说"读万卷书,行万里路",这种梦想在今天变得近切而简易,但浮光掠影地读万卷书和走马灯似的行万里路,都不再能使人从中受到启迪和裨益,只有将万里路上的历史点滴和万卷书里的思想精华相互参照,才能把古人所体会的人生情趣融入自己的创作体验。而这样的旅程,必须付出艰苦的实践,也必须独自去印证。

图书在版编目（ＣＩＰ）数据

流水闲云：赵曼散文集／赵曼著．－郑州：中州古籍出版社，2014.11
ISBN 978-7-5348-5028-8

Ⅰ．①流… Ⅱ．①赵… Ⅲ．①散文集－中国－当代 Ⅳ．①I267

中国版本图书馆CIP数据核字(2014)第252485号

书　　名：流水闲云——赵曼散文集
著　　者：赵　曼
插　　图：赵　曼
责任编辑：张弦生　赵发杰
责任校对：冯百毅
装帧设计：冯世夔
出 版 社：中州古籍出版社
　　　　　（地址：郑州市经五路66号　邮政编码：450002）
发行单位：新华书店
承印单位：郑州新海岸电脑彩色制印有限公司
开　　本：787毫米×1092毫米 1/32　印张：7
字　　数：187千字　印数：2600
版　　次：2014年11月第1版　印次：2014年11月第1次印刷
定　　价：89.00元

本书如有印装质量问题，由承印厂负责调换。